«Nun, und wie heißen Sie?» fragte der Kellner. «Ich heiße so, wie man mich nennt», gab er lachend zurück.

«Na ja, wie Sie wollen ...» – «Ich heiße Pulp.» – «Ein seltsamer Name.» – «Ich habe ihn mir nicht ausgesucht.»

Jean-Jacques Reboux

PULP und die Glatzen der Fraternité

Deutsch von Ronald Voullié

Wunderlich Taschenbuch

Was zur staatlichen Gemeinschaft der Menschen hinführt, oder was bewirkt, daß Menschen einträchtig miteinander leben, ist nützlich, dagegen dasjenige schlecht, was Zwietracht in das Staatswesen bringt.
Spinoza, *Ethik* (Vierzigster Lehrsatz)

(zitiert von André Ceriseray,
Bürgermeister von Charençon-le-Plomb)

Deutsche Erstausgabe
**Veröffentlicht im Rowohlt Taschenbuch Verlag GmbH,
Reinbek bei Hamburg, Juni 1998**

Redaktion Juliane Kraus
Umschlaggestaltung Tandem Design
Bildseitengestaltung und Typografie
Karen Kollmetz & Daniel Sauthoff

Satz Legacy Serif PostScript (PageOne)
Gesamtherstellung Clausen & Bosse, Leck
Printed in Germany
ISBN 3 499 26052 2

**Für Ibrahim Ali,
ermordet am 21. Februar 1995 in Marseille
von Plakatklebern der Front National**

**Für Brahim Bouarram,
ermordet am 1. Mai 1995 in Paris von
Skinheads während des Aufmarschs
der Front National**

**Für Imad Bouhoud,
ermordet am 7. Mai 1995 in Le Havre
von Skinheads**

PULP 1
und die Glatzen der Fraternité

Alvaro und Yanissa saßen so eng zusammen wie ein Liebespaar. Yanissa leuchtete in ihrem Kleid aus fluoreszierendem Schottenkaro, das sie sich für den Karneval genäht hatte. Ihre krausen Zöpfe wirbelten in der Luft, der Wind übertrug den Lärm des Festplatzes, grelles Lautsprechergedudel, dumpfe Bässe, Rufe von Losverkäufern, die spitzen Schreie der Mädchen in der Achterbahn. Das Gesicht mit rotem Kandis und Zuckerwatte verschmiert, lachte sie wie verrückt. Vergessen die Angst, vergessen das Schwindelgefühl! Das Riesenrad wurde langsamer und blieb stehen, sie gluckste und stieß ein überraschtes «Oh!» aus. Sie waren ganz oben. Alvaro nahm sie in den Arm. «Ist das nicht Spitze, kleine Schwester? Sieh mal, überall die vielen Lichter!» Yanissa beugte sich vor und sah Carlos, Bip, Diego und Cendrine, die ihnen drei oder vier Kabinen weiter unten zuwinkten. War das schön, überall funkelte es. Jetzt, wo sie diesen Job im Fitneßclub hatte, konnte auch sie endlich ein bißchen von diesem Reichtum genießen. Und nächstes Jahr wird sie den Todestunnel, das Spiegelkabinett und die Waffeln für Alvaro spendieren. Das Riesenrad setzte sich in Bewegung und blieb wieder stehen. Je mehr sie sich dem Erdboden näherten, spürte Yanissa, wie der Zauber schwand. Einen Augenblick glaubte sie sogar, sie müßte weinen. Sie dachte an den Russen, der über vierhundert Tage im All zugebracht hatte. Oje, der Arme! Alvaro hatte diesen Moment der Melancholie mitbekommen und nahm sie in den Arm.

«He, Nissa! Wir sind da!»

Yanissa bekam wieder festen Boden unter die Füße, buchstäblich und im übertragenen Sinn. Sie ging zu den anderen, die aufgeregt vor einer Losbude standen. Alvaro war fortgegangen, um einen Freund zu begrüßen. Cendrine stürzte auf sie zu, einen riesigen Plüschpanda im Arm.

«Sieh mal! Den hab ich gewonnen!»

«Der ist ja süß!» rief Yanissa begeistert.

«Für dich, Nissa.»

«Du machst Witze, Cendy!»

«Nimm ihn, sag ich dir. Er gehört dir.»

Yanissa knallte Cendrine einen Riesenkuß auf die Wange.

«Ich werde ihn Yen-Yen nennen. Wie der Panda im Zoo.»

Alvaro kehrte zurück, eine Zigarre zwischen den Lippen. Yanissa mußte lachen, als sie sah, wie er an dem Riesending sog, und Alvaro auch, über den Panda. Die Clique schlenderte noch eine Weile an den von Menschentrauben belagerten Ständen entlang und wandte sich dann zum Ausgang. Es war schon spät, sie hatten sich gut amüsiert, Bip hatte endlich eine Spinnenfrau gesehen, außerdem zwei oder drei Stripperinnen, es war Zeit, nach Hause zu gehen. Yanissa mußte am nächsten Morgen ihren neuen Job im Fitneßclub antreten, und Alvaro hatte um acht eine Prüfung in Biochemie. Nur Cendrine beschloß, noch ein bißchen zu bleiben.

Sie verließen den Rummelplatz, und Yanissa spürte, wie die Angst wieder in ihr hochkam. Es gab keinen Grund. Es ging einfach wieder los. Als würde sie ein zweites Mal aus dem Riesenrad steigen. Ein Grummeln im Bauch. Eine schwindelerregende Schwerelosigkeit. Stärker als sie. Für den Bruchteil einer Sekunde spürte sie die Gefahr. Es war da, ganz in der Nähe.

«Wirf deine Zigarre weg, Alvaro», sagte sie plötzlich.

«Die hat mir Timothée geschenkt! Du bist wohl nicht ganz dicht, Schwesterchen!»

«Wirf sie weg, sag ich dir!»

Yanissa hatte geschrien. Sie hatte sie gesehen, am Ende der Allee. Sie kamen aus der Avenue des Bartavelles und gingen direkt auf sie zu.

«Was soll denn das? Du spinnst ja, Schwesterchen!»

Alvaro ließ übertrieben seine Hosenträger knallen, wie ein selbstzufriedener Spießbürger. Da sahen er und die anderen sie auch.

«Laß uns zum Rummelplatz zurückgehen», schlug Bip vor. «Ich kann diese Typen nicht leiden.»

«Dadurch werden sie erst recht auf uns aufmerksam, du Schwachkopf», antwortete Alvaro.

Die Skinhead-Bande kam direkt auf sie zu. Sie waren in der Überzahl, mindestens sieben oder acht, einige hatten Kampfanzüge an. Der Vorderste zog etwas aus seiner Jacke, einen Ochsenziemer oder Schlagstock. Alvaro sperrte erschrocken den Mund auf und ließ dabei seine Zigarre fallen. Yanissa versteckte ihr Gesicht instinktiv hinter dem Panda.

«Na, du schwarzer Arsch, ziehste dir Kuba-Dope rein?»

Alvaro senkte den Kopf und warf einen Blick nach hinten. Zwei weitere Skins waren aus dem Nichts gekommen und standen hinter ihnen.

«Antworte gefälligst, wenn man mit dir spricht, du Bimbo!»

Der Skin zerdrückte eine Cola-Dose zwischen seinen riesigen Kapo-Pranken und warf sie auf den Boden, neben die Zigarre. «Aufheben, Schneewittchen!»

Alvaro sah in die erschreckten Augen von Yanissa. Wortlos hob er seine Zigarre auf, staubte sie ab und steckte sie zwischen die Lippen.

«Die Dose, nicht die Zigarre, du Kanake!»

Alvaro ballte die Fäuste. Die beiden Skins hinter ihnen waren nur noch zwei oder drei Meter weg. Bip, Diego und Carlos warfen sich Blicke zu. Bip versuchte Alvaros Aufmerksamkeit zu erregen, zog ihn am Jackenärmel.

«Dein Kumpel will dich was fragen», höhnte einer der Glatzköpfe.

Alvaro schüttelte Bips Hand ab und stieß zwischen den Zähnen hervor:

«Fick dich selbst, du Scheißnazi!»

Der erste Schlag traf ihn am Schienbein, er stürzte zu Boden, ohne in der kurzen Zeit sehen zu können, woher der Knüppel kam. Der zweite Schlag verfehlte sein Ziel. Der Angreifer fiel ins Gras. Die Skins grölten. Alvaro stand wieder auf und wollte zur Avenue des Bartavelles laufen. Ein Fußtritt stoppte ihn. Er fiel erneut hin. Die Skin-Meute stürzte sich auf ihn, verfolgt von Diego und Carlos. Aber die anderen waren in der Überzahl. Carlos und Diego standen plötzlich einer Armee mit Nunchakus, Baseballschlägern und Schlagstöcken gegenüber. Ein undurchdringlicher Wall. Bip gelang es, zwischen zwei halbbetrunkenen Glatzen hindurchzuschlüpfen, die ihm den Weg versperrten, und rannte schreiend zum Eingang des Vergnügungsparks.

Alvaro bekam einen Schlag ins Genick und stürzte zu Boden. Er schützte seinen Kopf mit den Armen. Im Fallen hatte er seine Zigarre verloren. Der Ochsenziemer traf ihn ein zweites Mal. Alvaro befreite sich von seinem Peiniger, indem er ihm den Ellbogen in die Rippen rammte. Er kam wieder auf die Beine. Die Fußtritte schienen aus allen Richtungen zu kommen. Yanissa hatte zu weinen begonnen. Plötzlich warf sie sich verzweifelt gegen die Mauer haßtrunkener Ratten, die ihren geliebten großen Bruder massakrierten. Sie benutzte das große Stofftier als Schutzschild und stieß einen wilden Schrei aus. Die Skins hielten für einen Moment inne, wie erstarrt von diesem Kriegsschrei, verblüfft über die Kraft, die von diesem zarten Mädchen ausging. Es gelang ihr, die Barriere zu durchbrechen. Sie kreuzte den höhnischen Blick eines Glatzkopfs im Kampfanzug und knallte ihm volle Kanne den Panda über den Kopf. Der Skin lachte, packte sie an der Schulter und drehte ihr den Arm auf den Rücken. Mit Yen-Yens Hilfe konnte sie sich losreißen, bekam aber eine Ohrfeige mitten ins Gesicht. Sie war einen knappen Meter von Alvaro entfernt. Hinter ihr kämpfte Diego mit einem Glatzkopf, seine Arme wirbelten durch die Luft, aber was konnte er mit seinem bißchen Tai-Chi schon ausrichten? Carlos war mit drei anderen Schwachköpfen beschäftigt, es war ihm gelungen, einem der Faschos den Schlagstock zu entreißen, und er verteidigte sich, so gut es ging. Yanissa opferte Yen-Yen, warf ihn einem Skin vor die Füße, der über den Kopf des Stofftiers stolperte. Sie konnte Alvaro fast berühren. Sie heulte, sie brüllte. Plötzlich sah sie eine Schußwaffe in der Hand eines der Nazis, eine riesige Pistole. Der Typ ließ die Knarre wie ein Cowboy in der Hand herumwirbeln und zielte auf Alvaros Nacken. Dann sah sie gar nichts mehr, weil einer der Scheißkerle sich auf sie gestürzt hatte. Sie hörte den Schuß und stieß einen Entsetzensschrei aus. Als sie wieder den Kopf hob, vielleicht lange Zeit später, herrschte um sie herum eine furchtbare Stille.

Bip kam mit Verstärkung zurück, aber es war zu spät. Zuerst sah er Yanissas zerfetzten Panda, dann die erschöpfte Yanissa selbst, über dem Körper ihres Bruders zusammengekauert, seinen Kopf in den Händen haltend. Bip rief laut: «Alvaro!» Aber er hatte begriffen, daß er tot war. Yanissa rührte sich nicht. Dann sah er Diego und Carlos, die auf die Avenue des Bartavelles gerannt waren und mit den Armen ruderten, um ein Auto zu stoppen. Ein schwarzer

Mercedes hielt an. Carlos und Diego stiegen ein. Carlos hinten, Diego vorn. Bip rannte hinterher und rief ihnen heftig winkend zu, daß sie warten sollten. Der Mercedes fuhr an, bremste aber in dem Moment, als Bip die Straße erreicht hatte. Er stieg neben Carlos ein. Der Fahrer wartete nicht ab, bis er die Tür zugeschlagen hatte, sondern fuhr gleich wieder los. Bip sah, daß es ein Weißer war, und das gab ihm ein bißchen Hoffnung. Er drehte sich um und rief einem jungen Mestizen, der hinter ihnen herrannte, zu, daß er sich um Yanissa kümmern solle.

«Sie sind mit einem Auto abgehauen», schrie Diego. «Ein großer gelber Saab. Wir müssen sie schnappen.»

«Die anderen Schweine haben sich Richtung Porte de Charençon verdrückt», fügte Carlos hinzu.

«Ich hab ein Funkgerät», sagte der Fahrer. «Ich werde einen Notruf durchgeben.»

«Was ist denn passiert?» fragte Bip.

«Ein paar Schausteller sind uns zu Hilfe gekommen», sagte Diego. «Wir hatten diese Dreckskerle schon fast erledigt. Da hat einer 'ne Knarre gezogen und auf Alvaro geschossen …» Diego hielt inne und fuhr schniefend fort: «Er ist einfach umgefallen. Yanissa stand direkt neben ihm. Sie …»

Er brach in Tränen aus.

«Und genau in dem Moment haben wir noch mehr Schüsse gehört», fuhr Carlos fort. «Von der Avenue des Bartavelles. Ich weiß nicht, wer das war. Das hat ihnen jedenfalls das Leben gerettet, diesen Mißgeburten!»

Zwei Polizeitransporter erschienen an der Kreuzung Avenue des Bartavelles und Rue des Coudriers, genau dreizehn Minuten nach dem Tod von Alvaro Pereira. Als sie die Sirenen der Flics hörte, ließ Yanissa den Kopf ihres Bruders auf den Boden fallen, ohne jede Vorsicht, was Zeugen der

Szene verblüffte, gerade sie, die so sorgsam, so sanft mit dem Toten umgegangen war. Der junge Mestize, den Bip gebeten hatte, sich um sie zu kümmern, sah in ihren Augen Furcht aufblitzen. Er konnte sie nicht daran hindern wegzulaufen. Sie rannte in Richtung Rummelplatz davon, ohne sich umzudrehen. Ein zehnjähriges Kind sammelte auf, was von Yen-Yen übriggeblieben war.
Zwölf Minuten nach dem Eintreffen der Polizei war der schwarze Mercedes zurückgekehrt. Sie waren bis zur Pferderennbahn von Vincennes gefahren. Das Funkgerät hatte nichts gebracht. Es hatte keinen Zweck weiterzumachen. Carlos, Bip und Diego rannten zu der Stelle, wo Alvaro lag. Der Polizeichef von Charençon warf ihnen einen finsteren Blick zu. Diego und Bip hatten vor längerer Zeit schon mal mit ihm zu tun gehabt, wegen einer Geschichte mit einem gestohlenen Moped. Der Polizist erkannte sie sofort wieder, und die beiden Jugendlichen, die in Charençon geboren waren, aber aus Kap Verde stammten, verstanden. So einer würde keine Überstunden machen, um die Mörder zu suchen.

PULP 2 und die Glatzen der Fraternité

Gabriel Lecouvreur stieß die Tür des **Café-Restaurants** *Au Pied de Porc à la Sainte-Scolasse* auf und ging direkt zur Theke. Halb zehn Uhr morgens, Montag, 29. Mai, ziemlich warm für diese Jahreszeit. Die Kneipe hatte gerade den zweiten Andrang des Tages hinter sich, die Frühstückspause der Sortierer vom Postamt Charonne. Gérard, der Wirt, war damit beschäftigt, Fotoecken an einer alten Schwarzweiß-Postkarte anzubringen. Rathausplatz, Sainte-Scolasse-sur-Sarthe, Departement Orne. Grobkörnig, ziemlich verstaubt. Wie Gérard, der x-mal über diesen elenden Platz gegangen war. Dasselbe Bild,

25fach vergrößert, bedeckte einen großen Teil der Wand im Speisesaal. Maria, die Wirtin, spülte die Biergläser, die vom Überfall der Postler übriggeblieben waren. Gabriel hörte, wie der gute alte Vlad in der Küche seine Sehnsucht nach den Karpaten vor sich hin pfiff und den Hund Léon ausschimpfte, der ihm auf die Turnschuhe gepißt haben mußte. Der Rumäne war wieder mal in Höchstform.

Gérard klebte die Karte links neben die Kaffeemaschine, strich versonnen über seinen Schnurrbart, reichte dem Ankömmling die Hand und hob grinsend die linke Schulter.

«Hab ich zufällig auf dem Flohmarkt gefunden, stell dir mal vor!»

«Und was macht die Heimatforschung sonst so?» fragte Gabriel.

«Ich habe mein Ischias, das mir die Montagsluft beschert hat. Wir Leute im Gastronomiegewerbe kommen, was das Stehen betrifft, gleich nach den Museumswärtern.»

«Und gleich vor ihnen, was das Jammern betrifft», warf Gabriel ein.

«Sehr witzig, Alter! Hier, für den Spruch geb ich dir glatt einen kleinen Ventoux aus.»

«Hast du ein Rad ab, Patron?»

«Du hast unrecht, weißt du. Im Rotwein, da sind Flavanoles drin. Die sind gut fürs Herz, die Flavanoles.»

«Und besonders für die Manneskraft!»

«Da berührst du einen wunden Punkt», warf Maria mit sanfter Stimme ein.

«Spaß beiseite, wie schafft er es nur, so trockene Sprüche zu klopfen, bei all dem Saft, den er in sich reinschüttet ...»

Gabriel nahm den *Parisien* von der Theke, griff sich zwei Croissants aus dem Korb und ließ sich an seinem Platz am Fenster nieder, nachdem er den anderen Stammgästen zugenickt hatte. Er hatte das Feuilleton aufgeschlagen und überflog die Überschriften. Ein Morgen ohne Zeitung war wie eine Schraube ohne Mutter. Die zweite Goldene Palme für Kusturica, den letzten echten Jugoslawen. *«Ich bin unpolitisch, und ich scheiße auf ein Land, das will, daß ich für es sterbe»*, erklärte Kusturica. Gabriel schmunzelte. Ein Unpolitischer, der seinen Film in Belgrad dreht, mit der Kohle von Milosevic, das war ganz schön unverschämt! Aber da er sich mit Gérard schon darüber gestritten hatte, der bei den Ustaschis und den serbischen Vettern von 1914 stehengeblieben war, blätterte er zum Sport weiter. Jalabert hatte die Etappe des *Midi libre* gewonnen. Dieses Gelände war nicht ganz so heikel.

«Jalabert! Der ist dieses Jahr unschlagbar. Bei der Tour de France wird man auf ihn achten müssen!»

«Wenn er nicht wieder eins aufs Maul kriegt, wie letztes Jahr», gab Gérard spöttisch zu bedenken.

«Trotzdem, er wird sich ja nicht jedes Jahr mit einem Bullen anlegen!»

«Das war sein Teamkollege, kein Polizist.»

Gabriel zermalmte ein Croissant, ohne zuzuhören.

«Apropos anlegen, auf dem Rummel in Trône hat es ja auch wieder mal geknallt», fügte Gérard hinzu, als er Gabriel einen Kaffee brachte.

«Ach ja? Was ist denn passiert?»

«Hast du die erste Seite nicht gelesen?»

«Ich hab hinten angefangen.»

Gabriel wühlte sich zur ersten Seite des *Parisien* durch – lange Polypenarme im Handgemenge mit zerknitterten Zeitungsseiten. Mit halblauter Stimme las er die Schlagzeile. *«Franzose von den Kapverdischen Inseln von Skinhead erschossen. Im Vergnügungspark von Trône* ... Diese Immigranten sind bescheuert, immer wieder müssen sie sich den Kugeln der Faschos in den Weg stellen.»

«Wär dir ein kleiner Weißer aus Pontoise lieber gewesen?»

«Okay, laß gut sein! Kann ich nun endlich weiterlesen?»

Gérard machte ein beleidigtes Gesicht. Das ging vorbei.

Der Polizei zufolge war unklar, wer den Streit begonnen hatte, der mit Mord endete, obwohl einiges auf die Skinheads hindeutete. Der einzige Skinhead, der verhaftet worden war, hatte seit seiner vorläufigen Festnahme nicht mehr den Mund aufgemacht. *«Die Tatsache, daß die Freunde des Opfers zunächst die Flucht ergriffen haben, kann unterschiedlich interpretiert werden*, fügte der Polizist hinzu, *außerdem ist man noch auf der Suche nach einer jungen Farbigen, die bei Ankunft der Ordnungskräfte geflüchtet ist.»* – «Arschloch», murmelte Gabriel zwischen den Zähnen. Am Tatort hatte man anonyme rassistische Flugblätter gefunden. Am Vorabend hatte der Vorsitzende von *Franc National* vor laufenden Kameras erklärt, daß man die Konsequenzen aus den beiden vorherigen *«Zusammenstößen mit Todesfolge»* in Marignane und Vesoul gezogen habe. Dort hatten sich seine Anhänger, die der Taten beschuldigt wurden, spontan verhaften lassen. Inzwischen habe man innerhalb der FN aufgeräumt und die schwarzen Schafe rausgeschmissen. Der bretonische Duce sprach von Provokation und Verschwörung und äußerte sich verwundert *«über den Zufall, daß immer dann ein Ausländer ermordet wird, wenn ich im Fernsehen aufgetreten bin»*. – «Arschloch», wiederholte Gabriel und las den Artikel mit Wut im Bauch zu Ende. In einem Kasten, unten auf der Seite, hatte der *Parisien* die Aussagen der drei Freunde des Opfers abgedruckt, denen zufolge weitere Schüsse gefallen seien, auf der anderen Straßenseite, aus der Richtung von Charençon. Diese Schüsse erklärte die Polizei als Lärm vom Rummelplatz. Man habe keine Kugeln oder andere Spuren in der Nähe des Tatorts gefunden. Doch die Freunde von Alvaro Pereira blieben bei ihrer Aussage.

Gabriel schlug die Zeitung zu und ließ ganz langsam Zukker in seinen Kaffee rieseln, damit er nicht umrühren brauchte.

«Schwachsinn in einem durchgedrehten Land …»

«Wer sagt denn, daß die Araber nicht angefangen haben?»

Gabriel grinste. So sehr er Gérard mochte, so bescheuert fand er ihn manchmal.

«Erstens sind das keine Araber. In Kap Verde leben Mischlinge und Schwarze. Zweitens, wenn du diesem Geschmiere Glauben schenkst, bist du wirklich der König der Deppen.»

«Und warum sollte ich das nicht glauben?»

«Und warum glaubst du es? Bloß weil es in der Zeitung steht?»

«Du willst doch nur an allem rummäkeln. Irgendwann trickst du dich damit noch mal selber aus.»

«Leg mal 'ne andere Platte auf, Gérard, das sagst du mir schon seit zwanzig Jahren.»

«Die Schwarzen sind doch wie alle anderen! Warum sollen die alle lieb und nett sein, deine Schwarzen?»

«Verdammt noch mal, das sind nicht *meine* Schwarzen! … Aber du hast den Artikel doch gelesen!»

«Der ist nicht der erste und wird wohl nicht der letzte sein … Was soll ich denn sonst dazu sagen?»

«Mal abgesehen davon, was ich davon halte, da ist doch was faul! Diese Geschichte mit den Schüssen. Das kommt dir nicht komisch vor, oder? Und dann dieses Mädchen, das sich verdrückt hat, als die Bullen kamen …»

«Diese Vorstadtkids mögen nun mal keine Bullen, das ist doch bekannt.»

«Trotzdem, da ist was faul!»

«Du wirst schon rauskriegen, was da faul ist, Pulp», erwiderte der Patron und gab sich geschlagen.

«Ich werd mir Mühe geben, Gérard, ich werde mir Mühe geben.»

PULP 3 und die Glatzen der Fraternité

Gabriel verließ die Metrostation um drei Uhr nachmittags. Die Straße war sonnenüberflutet. Zwanzig Minuten vorher hatte er das dunstige Paris verlassen. Er zog seine Leinenjacke aus und klemmte sie unter den Arm. Seit Jahren war er nicht mehr in Charençon gewesen. Die Station hieß *Fraternité*. Brüderlichkeit. Allerdings nicht für Alvaro Pereira.

Ein Penner saß auf den Treppenstufen der Metrostation, zwei Plastiktüten zu seinen Füßen, löchrige Stiefel, zusammengehalten mit Bindfäden. Er war vielleicht dreißig, sah aber zehn Jahre älter aus. Er trug eine Samthose und einen völlig abgeschabten grauen Mantel. Verfilzte schwarze Haare. Eine Stumpfnase. Die Wangen vom Bart bedeckt. Ein leerer, sanfter Blick. Die rechte Hand in einem Pawlowschen Reflex ausgestreckt.

Der achte, seitdem Pulp das *Pied de Porc* verlassen hatte.

Gabriel gab ihm ein Fünf-Franc-Stück.

«Thank you, Bruder. Haste mal 'ne Kippe?»

«Ich rauche nicht.»

«Das gut sein, Arago. Ich Joël sein.»

«Pulp, wie Tintenfisch.»

Joël brach in Gelächter aus. Er stand hastig auf, raffte seine Tüten zusammen und nahm Gabriel beim Arm.

«Pulp ... He, Pulp, ich zeig dir, was deine Kusine, die Krake, macht. Kommst du mit?»

Gabriel mußte lachen. Das ging ja gut los mit den Eingeborenen. Der Clochard führte ihn über die Rue de Paris, die Hauptverkehrsader von Charençon. Geschäftsleute, Handwerker, Sekretärinnen und Schüler, die auf Grunge und Piercing standen. Bei der Bäckerei an der Ecke hatte sich eine kleine Schlange gebildet. Die Leute hatten es nicht eilig, und das Wetter war schön. Gabriel hatte auch keine Eile. Joël murmelte, daß die Bäckerei okay sei, und zog ihn wortlos zu einem halbrunden Platz mit fünfzehn Aluminiummasten, an denen die Fahnen der EG flatterten. Drum herum halb-luxuriöse Boutiquen und ein architektonisches Ensemble aus Glas und Beton. Das Einkaufszentrum La Chantreille. Nicht gerade hübsch, aber es gab Schlimmeres.

«Tu dir keinen Zwang an», sagte Joël und öffnete mit einer ironischen Verbeugung die schwere Glastür.

«Was ist denn da drin?»

«Das achte Weltwunder! Das Rosciolli-Museum. Das einzige Museum in Frankreich, wo du Eintritt bezahlen mußt und das du umsonst besichtigen kannst: Vor der ganzen Ausstellungsfläche ist eine große Glaswand. Gehst du mit oder gibst du auf?»

«Ich gebe auf.»

Gabriel drehte sich um. Joël folgte ihm auf dem Fuß.

«Hier verpaßt du nichts. Der Rest sind Banken, Nutten in Designerklamotten und Rote mit dem Ordensband der Ehrenlegion, so eine Art Balladur-Fanclub. Wenn du verstehst, was ich meine …»

Gabriel betrachtete Joël verstohlen, während dieser sein basisanarchistisches Schlußwort sprach. Das war ja alles ganz nett, aber es wurde langsam Zeit, eine andere Platte aufzulegen.

«Weißt du irgendwas über Alvaro Pereira?»

«Der Typ vom Rummelplatz in Trône? Ja und nein.»

Joël wurde etwas schwammig. Er wußte nur, was in den Zeitungen stand. Die Behörden hatten eine Informationssperre verhängt, typisch. Und, fügte er mürrisch hinzu, selbst wenn man den Mörder fassen würde, der eigentliche

Schuldige würde wie immer seine Hände in Unschuld waschen!
«Was treibst du so?»
«Normalerweise erschrecke ich die Leute», grinste der Penner. «Und du, wer bist du?»
Pulp breitete die Arme aus.
«Wollte Soziologe werden. Aber meine Tante war dagegen.»
«Ach nee, ein Witzbold!»
«Wenn du dich nicht mit mir unterhalten willst, mach ich 'ne Biege, und Schwamm drüber.»
«Du wirst es nicht glauben ... Zuerst hab ich gedacht, du bist ein Bulle!»
Pulp mußte laut lachen. Er legte seinen meterlangen Arm auf die Schulter des Obdachlosen.
«Der Witzbold bist du, mein Freund!»

Joël schüttelte ihm die Hand und hielt einen Moment inne. Er hatte die Tätowierung auf dem linken Oberarm bemerkt. Ein großes A in einem Kreis. Arlette oder Anarchie? Vielleicht beides. Er brach in Gelächter aus und zog Gabriel zu einer Bushaltestelle. Er klopfte auf ein farbenprächtiges Plakat nach der Art Sonnenuntergang am Titicacasee. Nur war anstelle des Titicaca eine Fußgängerzone mit rötlich glänzenden Schaufenstern abgebildet, mit zwei Kindern davor, die unter den freundlichen Blicken einer netten Dame mit runden Augen und eines angejahrten Strahlemanns Hula-Hoop spielten. Darüber stand: *Die Freude, in Charençon-le-Plomb zu leben.* Und darunter in Schönschrift die Unterschrift des Bürgermeisters – so wie De Gaulle einst geschrieben hatte «Ich habe euch verstanden»:

André Ceriseray, Oberbürgermeister
Kommandeur der Ehrenlegion

Charençon-le-Plomb
Ein Weg, ein Ziel!

«Das ist *La Cerise*, die Kirsche ohne Kern, der Schrumpfkopf», feixte Joël. «Sogar die Jivaro-Indianer würden vor ihm davonlaufen.»
Ohne Übergang rannte er zur Metrostation und brüllte dabei «Arago-Arago-Arago!» oder etwas Ähnliches.
Zwei uniformierte Wächter liefen mit zusammengebissenen Zähnen an Gabriel vorbei. Sie schnauften wie Seehunde. Einer von ihnen rempelte ihn an. Joël hatte sich im Metroeingang verdrückt. Die Typen gaben auf. Gabriel überquerte die Rue de Paris und ging über den Boulevard de la Fraternité zum Bois de Vincennes. Ein merkwürdiger Mensch, dieser Joël.

PULP 4 *und die Glatzen der Fraternité*

Zwei Minuten später ging Pulp mit großen Schritten die Avenue des Bartavelles entlang. Auf der einen Seite eine piekfeine Reihe von großbürgerlichen Wohnhäusern, Typ Seebad für gutbetuchte Pensionäre. Auf der anderen Seite die ersten Bäume des Parks, dann rechts die Radrennbahn Jacques Anquetil, die ehemalige «Cipale». Links der Rasenplatz mit dem Vergnügungspark.
Gabriel überquerte die Avenue und kam auf die baumbestandene Nebenstraße, auf der Alvaro ermordet worden war. Auf dem Boden lagen Dutzende von Blumensträußen und Gebinden und bezeugten die tiefe Anteilnahme, die das Verbrechen hervorgerufen hatte. Ein Spruchband, das zwischen zwei Stangen aufgespannt war, wies auf eine Protestversammlung hin, die am nächsten Morgen um zehn am Trocadéro stattfinden sollte. Neben den Blumen eine Art

Schrein aus roten Backsteinen, in dem sechsundzwanzig Kerzen brannten. Alvaro Pereira würde keinen siebenundzwanzigsten Frühling mehr erleben. Fünfzehn Jugendliche hatten einen Halbkreis um den Schrein gebildet und schützten abwechselnd die Flammen vor dem Wind. Schwarze, Araber und Weiße, stillschweigend vereint. Dreißig Meter weiter, auf der anderen Straßenseite, in einem Renault 5, zwei städtische Polizeibeamte, die das Ganze diskret überwachten und sich ärgerten, daß sie nicht am ersten Boule-Turnier der Saison im Hof der Polizeiwache teilnehmen konnten, weit entfernt vom Irrsinn der Welt.

Gabriel bahnte sich einen Weg durch die brodelnde Menge auf dem Rummelplatz von Trône. Die Trauer um Alvaro Pereira hatte Grenzen. Die Schausteller übertrafen sich an Witz, um Kunden anzulocken. Die guten alten Sprüche, angeblich spontan, die gleiche Routine seit Generationen. Auch Pulp vergaß Alvaro Pereira. Im Grunde hatte sich nichts seit der Zeit geändert, als er in kurzen Hosen über den Platz geschlappt war, mit Onkel Émile und Tante Marie-Claude, die krank vor Sorge waren, daß er verlorengehen könnte. Außer daß die Schausteller heute, um die katastrophalen Folgen der Wirtschaftskrise auszugleichen, deutlich die Preise gesenkt hatten. Ein Platz für zwei, Nervenkitzel garantiert. Und daß den Nazis heute die Preissenkungen scheißegal waren. Sie forderten Freispiele mit echten Kugeln und lebenden Zielen.

Gabriel befragte Dutzende von Schaustellern, wobei er sich als Freund von Alvaro ausgab. Der Mord vom Samstagabend war in aller Munde. Ein großer Teil der Schausteller waren Zigeuner. Die Nazi-Skins waren ihre Todfeinde. Sie wollten nur allzugern mithelfen. Aber niemand hatte die Glatzköpfe gesehen, als ob sie niemals einen Fuß auf den Festplatz gesetzt hätten. Nach einer Stunde gab er auf. Als er vor dem R 5 mit dem städtischen Wappen vorbeiging, sah er, wie einer der Flics mit einem untergehakten Paar sprach, das die Villa hinter dem Renault bewunderte. An der Art, wie der Typ die Turteltäubchen wegscheuchte, bemerkte er, daß die Festung einer wichtigen Persönlichkeit gehören mußte. Er schrieb sich die Hausnummer auf, überquerte weiter oben die Straße und ging die Avenue des Bartavelles in Richtung Porte de Charençon hinauf. Als er weit genug von den Flics weg war, drückte er systematisch auf alle Sprechanlagen, ohne Erfolg. Die Bartavelles, die Steinhühner, versteckten sich in ihren Nestern, die Stunde der Fütterung war offensichtlich vorbei. Er nutzte die Gelegenheit und schrieb sich die Namen der Glückspilze auf, die in der Nachbarschaft wohnten. Die meisten hatten allerdings keine Türschilder. Durch eine Querstraße gelangte er wieder zur Metrostation Fraternité.

PULP 5 *und die Glatzen der Fraternité*

Gabriel kehrte im *Roussillon* ein, dem Café-Restaurant an der Metro. An den Dominobrettern im Hintergrund des Raumes schlürften Greise völlig abwesend ihre Halben. Es war fast wie bei Gérard im *Pied de Porc*. Hier hatte man allerdings neu tapeziert. Er setzte sich an die Bar und fragte, ob es noch etwas zu essen gab. Der Kellner antwortete freundlich, man sei doch nicht in der Provinz, es gebe noch die Kaldaunenwurst vom Mittag. Kaldaunen seien ja nicht jedermanns Sache, vor allem bei dieser Hitze, aber um drei Uhr nachmittags würden sie schon rutschen. Er war ein großer blonder Athlet von etwa vierzig Jahren, allerdings eher von der Art, die beim Essen lieber zweimal zulangt. Auf seinem Armband stand Francis. Gabriel ließ sich darauf ein. Und das war kein Fehler. Die Kaldaunenwurst erwies sich als ausgezeichnet, und er war angenehm überrascht, daß sie von einem Weißbier begleitet wurde, einem Duvel, das genau die richtige Temperatur hatte.

«Kennen Sie den Typen, der an der Metro bettelt?» fragte er vorsichtig, nachdem er sich gestärkt hatte.

«Joël? Den kennt doch jeder. Der gehört zur Landschaft, der war schon immer hier.»

«Warum steht er auf der Straße? Hat er kein Zuhause?»

«Das ist eine traurige Geschichte ... Seine Eltern sind vor langer Zeit bei einem Brand ums Leben gekommen. Sie wohnten in einem runtergekommenen Mietshaus in *Petites Urines*. Er hat das nie überwunden. Seitdem hat er einen Knacks, Sie verstehen ...»

Gabriel mußte an seine Eltern denken, die auch auf tragische Weise umgekommen waren. Bei einem Autounfall. Als er gerade fünf war.

«Petites Urines, *Klein Urin*?»

«Die Reste der Arbeitersiedlung *Petites Usines* von Charençon. Die Arbeit ist verschwunden, die Bleivergiftung auch, das Elend ist geblieben. Das Viertel wird *Petites Urines* genannt, *Klein Urin*, wegen der giftigen Abgase rundherum. Sie brauchen nur über die Eisenbahnschienen zu gehen, dann sind Sie da ... Wissen Sie, wie Joël die Stadt nennt?»

Gabriel grinste, das wußte er bereits.

«Die Krake! – Joël mußte vorhin vor zwei Wachleuten türmen.»

«Die vom Einkaufszentrum La Chantreille, ja, die sind übel. Die kapieren nicht, daß er zur Landschaft gehört ... Wenn er eines Tages verschwindet, wird das bestimmt ganz komisch.»

«Was wollen Sie damit sagen?»

«Er ist allen Leuten behilflich. Er trägt die Einkaufstaschen der alten Omas, und sie geben ihm was zu essen. Joël ist so etwas wie eine heilige Kuh: Wenn er sich mitten auf die Kreuzung legt, würden die Flics eine Umleitung einrichten.»

«Das ist ja ein Ding! Und wo wohnt die heilige Kuh?»

Der Kellner zuckte mit den Schultern.

«Seit dem Brand nirgendwo. Ich dachte, Sie hätten verstanden.»

«Genug, was mich betrifft ... *Die Wahrheit dieses Lebens*», fügte Gabriel nachdenklich hinzu, «*ist nicht, daß man stirbt, sondern daß man als Bestohlener stirbt.*»

«Das trifft den Nagel auf den Kopf!»

«Louis Guilloux, *Schwarzes Blut.*»

«Trotzdem nicht schlecht. Sagen Sie, was wollen Sie eigentlich von ihm? Sind Sie Journalist oder so was? Denn die Journalisten, seit zwei Tagen ...»

«Nehmen wir an, ich bin von Natur aus neugierig.»

«Na gut, dann sind Sie hier richtig. Nur, um mit Joël zu reden, muß man früh aufstehen.»

«Kein Problem, ich bin ein Morgenmensch.»

«Schade, wenn Sie ein Abendmensch wären, hätte ich Ihnen vorgeschlagen, morgen abend um neun wiederzukommen. Ich hätte Sie mit einigen Leuten bekannt machen können.»

Wirklich sehr freundlich, diese Eingeborenen. Das war nicht immer der Fall.

«Nun, und wie heißen Sie?» fuhr der Kellner fort.

«Ich heiße so, wie man mich nennt», gab Pulp lachend zurück.

«Na ja, wie Sie wollen ...»

«Das war nur ein Scherz. Ich heiße Pulp.»

«Ein seltsamer Name.»

«Ich habe ihn mir nicht ausgesucht.»

Pulp schoß etwas durch den Kopf. Seine langen Arme fuhren durch die Luft. Er war plötzlich mit den Gedanken woanders. Er mußte an Joël denken.

Wenn beim Tod seiner Eltern nicht Onkel Émile und Tante Marie-Claude dagewesen wären und sich um ihn gekümmert hätten, wäre er vielleicht auch eine Art Joël geworden. Er bezahlte und fragte sich, ob der Kellner bei seinem Vergleich mit der heiligen Kuh nicht ein wenig übertrieben hatte.

PULP 6 *und die Glatzen der Fraternité*

Die Grenze zwischen der fröhlichen Innenstadt und dem traurigen Industrieviertel wurde in Charençon durch eine Brücke gebildet. Die Brücke Sainte-Honorine, die über die Schienen der Strecke Paris-Lyon-Marseille führte. Es gab zwar keinen Schlagbaum, aber die Grenze war da. Rechts unten, der Verschiebebahnhof von Bercy-Sainte-Honorine mit seinen Wartungshallen für den TGV. Dahinter, in Richtung Boulevard Périphérique, die Kiesgruben mit ihren Schaufelbaggern und der endlosen Karawane von Betonmischern. Die riesige Müllverbrennungsanlage von Ivry verdunkelte den Horizont. Gabriel blieb mitten auf der Brücke stehen und ergötzte sich an einem unerwarteten Schauspiel: Ein langsam fahrender TGV wurde von einer schwarzen Dampflokomotive überholt, die auf Hochglanz poliert war. Wie ein Ami 8 voller Rentner, die einen Ausflug machten. Als sich der Dampf der Lokomotive verflüchtigt hatte, blieb auf dem Gehsteig eine Erscheinung zurück.

Joël. Ohne seine Plastiktüten, aber immer noch sehr geschwätzig.

«Pulp! Da bist du ja wieder!»

«Was wollten sie denn von dir, die Fettsäcke?»

«Joël hat Aufenthaltsverbot in *La Chantreille*, deshalb geht er jeden Tag hin und ärgert sie ein bißchen. Ich begleite dich nach *Petites Urines*, das ist besser für dich ...»

«Ach ja? Aber ich hab da doch kein Aufenthaltsverbot!»

«Das nicht, aber ohne mich wirst du Alvaros Mutter nie zu sehen kriegen.»
«Woher weißt du ...»
«Joël weiß alles in Charençon, Pulp.»

Der Stadtteil *Petites Usines*, Kleine Fabriken, war Anfang des Jahrhunderts gebaut worden, um die letzten Arbeiter der Bleiminen unterzubringen. Und abgesehen von der Bleivergiftung war das lange eine ruhige Ecke, mit den begrünten Hinterhöfen, den gewundenen Treppen, den gekachelten Friesen unter den Gewölben und den Innenhöfen, die von u-förmig angeordneten Mietshäusern gebildet wurden. Bis zum Bau der Autobahn, Ende der fünfziger Jahre. Heute war das die dreckigste Ecke von Charençon, und abgesehen von einigen Alten, die im Duft der Erinnerung schwelgten, mußte man sich Nase und Ohren zuhalten, um es dort aushalten zu können.
«Das Problem ist, wenn du einmal in Petites Urines wohnst», meinte Joël, «hast du keine Chance mehr wegzukommen. Also bleibst du und freundest dich mit den Abgasen an. Und da der Friedhof direkt neben der Autobahn liegt, kommst du auch nicht in eine fremde Umgebung, wenn du das Viertel verläßt.» Joël brach in heftiges Gelächter aus.
«Komm mit, ich zeig dir eine lustige Sache.»
Sie durchquerten einen weiteren Hof, und er wies auf eine Statue, die in Hof Nummer 4 aufgestellt war, mitten in einem kleinen Stiefmütterchenbeet, das von der Stadt in Schuß gehalten wurde und von einem Gitter umgeben war.
«Wer ist das?»
«Nicolas-Jacques Conté, der Erfinder des Bleistifts. Charençon-le-Plomb, Charençon-die-Bleistadt ... Du kapierst?»

«Ich wußte nicht, daß er von hier ist.»
«Er wurde im Departement Sarthe geboren, aber er hat hier eine Werkstatt gehabt. Deswegen ließ der Herr Bürgermeister eine schöne Statue errichten. Aus Blei, könnte man meinen! Da der Kommandeur nicht gern öffentliche Ausschreibungen macht, hat er seinen Freund Aimé Lancelot damit beauftragt … Und da Lancelot kein Lexikon zur Hand hatte, um nachzusehen, wie die Rübe des guten Conté aussah, na, da hat er eben eine wunderschöne Büste von unserem Bürgermeister aufgestellt, und alle sind drauf reingefallen. Außer Joël, Arago!»
Er stieß Gabriel kräftig den Ellbogen in die Rippen.
«Du machst Witze, oder!»
Joël wurde plötzlich ernst.
«Nie über den Kommandeur. Diese Statue ist ‹Kirsche› wie er leibt und lebt, Alter. Du brauchst nur ins Stadtblatt zu sehen, da ist seine Rübe auf jeder Seite abgebildet. Los komm, weiter, Madame Pereira wohnt nicht weit von hier.»

PULP 7 *und die Glatzen der Fraternité*

Madame Pereira wollte zuerst nicht aufmachen. Als sie Joëls Stimme erkannte, änderte sie ihre Meinung. Sie war eine dicke Frau in einer schillernden Tunika, mit Ringen an allen Fingern und überschäumender Energie. Und Tränen des Schmerzes und des Zorns. Die Neonazis hatten ihren Sohn getötet, und außerdem hatte sie kein Lebenszeichen von Yanissa, seit sie am Samstag nachmittag zum Rummelplatz von Trône gegangen war. Yanissa war so glücklich und stolz gewesen, daß sie einen Job gefunden hatte. Ihre erste richtige Arbeit nach der Schule. Sie war einfach verschwunden. Das sah ihr nicht ähnlich. Selbst der Tod von Alvaro, der ihr einen Schock versetzt haben mußte, war keine Erklärung für dieses Verhalten. Cendrine, ihre beste Freundin, rief alle zwei Stunden an, manchmal sogar noch öfter. Sie suchte sie überall, war an jeden Ort gegangen, an dem sie jemals zusammen gewesen waren. Nichts. Gabriel war überrascht von der Würde, die diese Frau ausstrahlte, trotz des geballten Unglücks, das über sie hereingebrochen war. Abgesehen von den alltäglichen Widrigkeiten. Sie zeigte ihnen die Wohnung und erzählte von den Sanierungsarbeiten nach dem europäischen Wirtschaftsplan. Der reinste Schwindel! Während der Bauarbeiten mußten die Leute ausziehen, und danach mußte man, um wieder einziehen zu können, einen neuen Mietvertrag unterschreiben, und die Miete war doppelt so hoch. Aber es bildete sich Widerstand. Es gab Organisationen, die sich darum kümmerten. Als sie ihnen das Zimmer von Alvaro zeigte, wurde die Wut wieder vom Schmerz verdrängt. Alvaro hatte als einziger ihrer fünf Söhne ein eigenes Zimmer. Auch Yanissa hatte, als einzige Tochter, ein Zimmerchen für sich.

«Für seine Studien, verstehen Sie. Die Kleinen wollen nicht in seinem Zimmer schlafen. Sie haben Angst. Sie wollen nicht mehr rausgehen. Angst vor den Skinheads. Und die Polizei! Anscheinend wollen sie den, den sie verhaftet haben, laufenlassen. Waren Sie ein Freund von Alvaro, Monsieur?»

Gabriel zögerte.

«Tja ... Nicht direkt ... Aber ich möchte Ihnen helfen, ich ...»

«Er ist ein guter Mann, mein Freund», sagte Joël. «Sie können ihm vertrauen, Madame Pereira. Er wird Ihnen helfen. Nicht wahr, Pulp, du wirst ihr doch helfen?»

«Na klar.»

«Mein Gott, wenn Sie Yanissa finden könnten. Oh, Monsieur, Sie sehen so zerbrechlich aus, wie wollen Sie nur ...»

«Täuschen Sie sich nicht, Madame», bekräftigte Joël. «Sieht zerbrechlich aus, ist aber hart wie Stahl, Arago.»
Alvaros Mutter griff nach Pulps Händen, küßte sie inbrünstig und ließ dann abrupt den Gegenstand ihrer Ehrerbietung fallen. Gabriel war verlegen. Sie schob die beiden Männer zur Wohnungstür.
«Geht weg, Jungs. Geht weg, schnell.»
Die Tür schlug hinter ihnen zu, und aus der Wohnung hörte man lautes Wehklagen. Sie stürzten die Treppe hinunter, und Joël brüllte wie ein Irrer «Arago, Arago, Arago». Wie eine Beschwörungsformel. Das mochte verstehen, wer wollte. Gabriel wartete, bis sie auf der Straße waren, und öffnete erst dann seine rechte Hand. Verwirrt starrte er auf das abgenutzte Paßfoto, das Madame Pereira ihm zwischen die Finger geschoben hatte. Yanissa im Dreiviertelprofil, die Afrofrisur mit zwei Perlmuttnadeln zusammengehalten, eine Halskette mit der Hand der Fatima. Sie lächelte, ein wenig traurig. Auf der Rückseite des Fotos stand eine Telefonnummer.
«Wir hätten sie nicht anlügen dürfen», meinte Joël.
«Wir haben sie nicht angelogen, Alter. Wir werden Yanissa finden.»
Im Hof des Wohnhauses trafen sie drei dunkelhäutige Jugendliche mit Frisuren wie Spike Lee. Joël baute sich vor ihnen auf und stellte sie vor. Bip, Carlos und Diego. Gabriel erfand eine Geschichte, die der Wahrheit ziemlich nahekam. Er gehöre zu einer antirassistischen Organisation, die beschlossen habe, Alvaros Ermordung zu untersuchen. Sie musterten ihn mißtrauisch. Ihr Verhalten änderte sich, als er das Bild von Yanissa vorzeigte.
«Wir kommen gerade von ihrer Mutter. Sie hat es mir gegeben ...»
«Wenn Cendrine sie nicht findet, findet sie keiner», meinte Diego. «Nicht mal du, Don Quijote.»

«Don Quijote?»

«So nennt man mich manchmal», sagte Joël.

«Yanissa hat sich verdrückt, als die Keufs kamen, die Bullen», erklärte Diego. «Sie hatte Schiß ... Seit der Sache mit Cendrine ist Yanissa völlig durchgeknallt. Und wie! Vorher hat sie die Keufs zwar auch nicht gemocht! Wer mag schon die Scheiß-Bullen! Aber bei Nissa ist es mehr als das! Sie dreht durch, wenn sie Bullen sieht.»

«Was war denn das für eine Sache mit Cendrine?» fragte Gabriel.

«Cendrine und sie hatten letztes Jahr irgendein Scheißerlebnis mit den Keufs von Charençon», antwortete Bip. «Wir wissen nichts darüber. Alvaro kannte die Einzelheiten, er war für Nissa wie ein Gott, aber Alvaro ...»

«Wo wohnt Cendrine?»

«Porte Dorée. Da runter.»

«Hast du ihre Adresse?»

«Willst du auch noch ihre Maße haben? Der ist doch nicht ganz dicht, der Typ!»

«Ich bin kein Journalist, falls du das meinst.»

Diego trat dicht an Gabriel heran und schubste ihn weg.

«Ach nee? Und was biste dann?»

«Frag Don Quijote.»

«Ich werd ihn schon fragen, verstehste.»

«Na los, auf was wartest du?»

Diego trat irritiert zurück. Gabriel drehte sich um. Kein Joël.

«Dieser Typ ist ein Wunder», meinte Carlos. «Er kommt, wenn du nicht damit rechnest. Und plötzlich ist er wie vom Erdboden verschluckt, und du siehst ihn nicht mehr.»

«Alvaro meinte, er ist ein Engel», fügte Bip schluchzend hinzu. «Verdammt, er fehlt mir, unser Alva.»

«Was war mit den Schüssen von der anderen Straßenseite?»

«Das ist die Wahrheit, ob du es glaubst oder nicht. Als die Schausteller kamen, um uns zu helfen, hat jemand von der anderen Straßenseite geschossen. Avenue des Bartavelles heißt die … sonst hätten wir diese Skins noch plattgemacht.»
«Kannst du mir sagen, von wo genau?»
«Klar doch, die Bullen haben dort zwei Leute aufgestellt. Direkt daneben steht 'ne super Hütte, Kumpel. Wenn du einen Blick darauf wirfst, fällst du glatt um. Richtig furchterregend, das Ding!»
«Gut, ich verstehe … Wißt ihr, wer da wohnt?»
«Nee, nicht genau. Bestimmt irgend so ein Fettsack. Vielleicht kannst du ihn ja besuchen. Bei einem Weißen sind sie nicht gleich so mißtrauisch.»
Jedenfalls nicht so, wie ihr mir gegenüber, übersetzte Gabriel für sich. Er wußte aus Erfahrung, daß gleiche Situationen oft zu ähnlichen Reaktionen führen. Wenn das Elend der Welt über euch zusammenbricht, verbirgt sich der böse Feind manchmal auch in der Rüstung des Weißen Ritters. Er fragte sich, wie Guilloux das formuliert hätte. Onkel Émile, als guter Eisenwarenhändler, hätte vermutlich das richtige Wort dafür gefunden: Infiltration. Er verabschiedete sich von der Gruppe auf der Brücke Sainte-Honorine und ging zurück zum Park. Es war besser, sich ein bißchen rar zu machen.

PULP 8 *und die Glatzen der Fraternité*

Als er an dem herrschaftlichen Stadthaus vorbeiging, riskierte er einen Blick durch die Lücke zwischen dem Tor und der Mauer. Ziemlich protzig. Zwei Etagen, Jugendstil, ein rundes Fenster, eine Hochveranda mit einem kleinen Wintergarten, Parabolantenne, elektromagnetische Überwachungssysteme auf dem Boden, zwei schwenkbare

Überwachungskameras auf dem Dach. All das paßte ausgezeichnet zu der mit Flaschenscherben gespickten Mauer und zum Fehlen eines Namens an der Sprechanlage.

«Da braucht man gar nicht erst zu klingeln, niemand zu Hause.»

Gabriel wandte sich um. Einer der beiden Polizisten lehnte an der Tür des Renault 5 und ließ seine Muskeln spielen.

«*Beauw' Haus*», antwortete Gabriel mit englischem Akzent.

«*Very beautiful.*»

«Jeannot, dein Wissen ist gefragt!» rief der Flic.

«Was'n los?» brüllte der andere.

«Ein Roastbeef, das die Sprache von Cantona nicht drauf hat.»

«*Very cosy, indeed*», beharrte Gabriel. «*But I think you're a piece of shit.*»

«Ich nicht verstehen, Monsieur. Gehen Sie bitte weiter.»

Der zweite Bulle kam herbei.

«*This private home. You un-der-stand?*»

«*But you speak English! Very good! Very important person, isn't it?*»

«Los weiter, Sire. *Do not disturb.*»

«*I go, I go ...*»

«Genau, so ist es, Damon Hill. Mach dich vom Acker!»

Gabriel ging weiter und verabschiedete sich freundlich von den beiden Gesetzeshütern, die sich noch eine Weile über ihn lustig machten.

«Mir geht's wie dem Präsidenten, Marcel ... Daß die Engländer Jeanne d'Arc verbrannt haben, das sitzt mir immer noch quer im Hals, Scheiße!»

An der Metrostation stieß er auf Don Quijote. Vor ihm stand ein Plastikbecher, ein Riesending mit irgendeinem US-Logo drauf. Er warf zehn Franc in die imperalistische

Sammelschale. Joël hob den Kopf und stieß einen Pfiff aus.

«Das ist kein Almosen, sondern eine Anzahlung. Ich muß dich um einen Gefallen bitten», sagte Pulp.

«Ich bin kein Spitzel, Arago! Aber gut, schieß los ...»

«Kennst du das Haus, das von der Polizei bewacht wird? Ich muß da rein.»

«Mit dem Aufseher im Haus und den Flics davor, na dann viel Spaß!»

«Genau, ich brauche nur eine Minute Ablenkung. Ich glaube, ich hab da eine Idee ... Sie kennen dich gut.»

«Und wenn sie ihre Kollegen rufen, statt sich mit mir zu beschäftigen?»

«Haben die Funk in ihrer Schrottkiste?»

«Äh, ich glaub schon, ja!»

«Bei deren I. Q. bin ich ziemlich optimistisch. Das Risiko müssen wir eingehen. Morgen, sechs Uhr, geht das?»

«Wann immer du willst, Pulp. Ich kann meinem Sponsor nichts abschlagen.»

«Rendezvous an der Metro um fünf Uhr dreißig.»

«Sag mal, es geht mich zwar nichts an, aber ... was willst du von dem alten Knacker?»

«Alter Knacker?»

«Das ist doch die Hütte von Rosciolli, die du besuchen willst, oder?»

«Rosciolli? Der Maler aus dem Museum? Lebt der denn noch?»

«Ein bißchen, mein Lieber! Ceriseray vergöttert ihn, das sagt alles.»

«Du meinst ... es gibt ein Museum ... bloß weil er ein Kumpel vom Bürgermeister ist!»

«Du blickst ja schnell durch ...»

«Nicht schnell genug! Sag mal, wo kann ich dich im Notfall finden?»

«Joël ist unauffindbar, Pulp.»
«Ich weiß, daß du unter den Brücken kampierst, aber du hast doch bestimmt deine kleinen Gewohnheiten, in Charençon ...»
«Niemand darf wissen, wo Joël schläft, das ist seine einzige Freiheit ... Mach dir keine Sorgen, ich werde da sein. Und wenn du mich sonst irgendwann brauchst, werde ich dich schon finden.»
Joël nahm Pulp beim Arm, gluckste «Arago, Arago» und lachte wie ein Irrer. Für einen Typen, der auf der Straße lebte, roch Joël eigentlich gar nicht schlecht, dachte Pulp, und schämte sich sogleich dafür. Er ging die Treppe zur Metro hinunter und drehte sich noch einmal für einen kurzen Gruß um. Aber Joël hatte sich bereits in Luft aufgelöst.

PULP 9 und die Glatzen der Fraternité

Gabriel ging unangemeldet zu Pedro, und Pedro war zu Hause. Wie immer, wenn er unangemeldet vorbeikam. Eine Art von telepathischer Höflichkeit. Und falls es mal nicht so war, war der Katalane in der Werkstatt oder im Bistro. Das schränkte die Gefahr eines Fehlversuchs ziemlich ein. Pedro umarmte ihn.
«Du kommst gerade recht. Ich habe mich gelangweilt. *Una cerveza, hijo?*»
Gabriel nickte. Man sah ihm an, daß er sich langweilte. Er war schlagartig älter geworden. Obwohl er noch immer ziemlich gut aussah mit seiner matt glänzenden Haut, seinen verschmitzten Falten und seiner Anarchofresse, die aussah, als ob er in eine Druckmaschine geraten wäre.
«Hier, hab ich geklaut, eine neue Sorte», sagte er und öffnete zwei Bierflaschen auf dem Wachstischtuch.
Gabriel nahm die Flasche und studierte das Etikett. Das Bier nannte sich *Desperado*, es war mit Tequila aromatisiert, und man konnte es sich mit grobem Salz einverleiben.

«Kommt aus Schiltigheim, sollte sich trinken lassen», meinte Gabriel.
Pedro hörte nicht zu. Er trank aus der Flasche.
«Es mag dir verrückt vorkommen, Gabi, aber je älter ich werde …»
«Es schmeckt ein bißchen bitter, aber nicht schlecht … Man kann sagen, was man will, Fischer, die machen immer noch das beste industriell hergestellte Bier …»
«Dein Bier ist mir scheißegal!» schimpfte Pedro. «Ich habe es nur wegen des Namens mitgenommen … Ich sagte, je älter ich werde …»
«Um so mehr bedauerst du, daß du in der großen Zeit nicht dabei warst, ich weiß … Aber dann wärst du auch schon tot, Väterchen.»
«Was nichts daran ändert, daß ich mich langweile. Der Faschismus lebt wieder auf, sechs Millionen Franzosen stimmen für Le Pen, und ich sitze in meiner Küche und langweile mich wie ein … *lagarto*! Wie sagt man, wie eine Eidechse! Jawohl!»
«Oder du wärst im Krieg umgekommen, wenn es das ist, was du wolltest!»
«Halt die Klappe, du Grünschnabel! 1936 gab es wenigstens die Brigaden. Diejenigen, die heute aufbrechen, die halten doch nur die Kerze für die Killer von Karadzic, und das in UNO-Uniform!»
«Weil es 1936 vielleicht noch keine Realpolitik gab! Wer hat denn den Republikanern die Waffen gegeben? Stalin? Die Volksfront?» Gabriel klopfte ihm freundschaftlich auf die Schulter. «Scheiße, komm wieder auf den Teppich, Pedro!»
«Du hast ja recht. Ich bin ein alter, seniler Idealist.»
«Du bist vor allem schlecht drauf.»
«Brauchst du was, Gabi?»
«Falsche Papiere, bis morgen nachmittag. Geht das?»

«Kommt drauf an, was.»
«Ein Ausweis der staatlichen Elektrizitätswerke.»
Pedro lachte auf.
«Du machst dich über mich lustig, *hijo*! Das mach ich dir in einer Stunde.»
«Dann brauch ich noch einen Werkzeugkasten, so einen, wie die Leute von den Gaswerken.»
«So was hab ich am Lager. Den dazu passenden Blaumann auch. Kommst du heute abend wieder?»
«Das wäre die Ausrüstung. Tja, ich kann wohl kaum vor Mitternacht kommen. Geht das?»
«Wahre Revolutionäre schlafen nie, *Pulpo*. Und wann stellst du mich deiner Verlobten vor, Gabi?»
«Bald, Pedro, bald.»

PULP 10 und die Glatzen der Fraternité

Die Sonne stand bereits hoch am umweltverschmutzten Himmel, und der Platz am Trocadéro war schwarz von Menschen, die den entrüsteten Reden der Vertreter antirassistischer Gruppen zuhörten. Nach *SOS Rassismus* war die *Liga gegen Rassismus* dran. Gabriel wurde einen Moment abgelenkt. Unter dem Dutzend Flics, die vor der Doppelreihe der Bereitschaftspolizei und den Einsatzwagen standen, glaubte er den kahlen Schädel von Albert Vergeat gesehen zu haben, diesem einsamen Wolf vom Staatssicherheitsdienst, der schon lange hinter ihm her war. Bei genauerer Betrachtung war er es aber doch nicht. Gabriel konzentrierte sich wieder auf die Veranstaltung.
Der Vorsitzende der *Liga für Menschenrechte* war an der Reihe. Er geißelte das haßgetränkte Frankreich, das seiner Meinung nach immer mehr der Weimarer Republik ähnelte und auf den Abgrund zuraste. Er forderte die Regierung in aller Form auf, *Franc National* aufzulösen, was ei-

nen Beifallssturm auslöste. Dann gab er das Mikro an Alvaros Mutter weiter. Es wurde ganz still. Mit bewegter Stimme bedankte Madame Pereira sich bei ihren Vorrednern und bei allen, die ihr Mitgefühl bekundet hatten. Sie fügte hinzu, daß dieser geteilte Schmerz ihr Herz erwärme, und kurz bevor sie in Tränen ausbrach, rief sie noch: *Gerechtigkeit für Alvaro.* Tief bewegt griffen Hunderte die Parole auf. Auch Gabriel fühlte sich mitgerissen. Er wartete geduldig, bis sich die Menge auflöste, da das Polizeipräsidium jede Demonstration auf den Straßen verboten hatte.

Madame Pereira ging an ihm vorbei, ohne ihn zu sehen, das Gesicht von einem Trauerschleier verdeckt, umgeben von einem Dutzend Personen. Er erkannte die drei Jungen, die er am Morgen in *Petites Usines* getroffen hatte. Ein achtzehn- bis zwanzigjähriges Mädchen, blond, mit halblangen Haaren, schön und hoch aufgeschossen, löste sich von der Gruppe und blieb vor ihm stehen. Sie trug einen kurzen Faltenrock und einen dicken blauen Angorapullover. Sie war die einzige Weiße.

«Also, ich glaube, Sie wollen mich sehen?»

«Ah, Sie sind Cendrine?»

«Diego meint, Sie sind entweder Bulle oder Journalist», antwortete sie.

«Beides falsch», sagte Gabriel und wandte sich ab.

«Warten Sie, warten Sie! Wo wollen Sie denn hin? Wollen Sie uns nicht mehr helfen, Yanissa zu finden?» Gabriel ging mit großen Schritten weiter, ohne sich um sie zu kümmern. «Sie machen sich aus dem Staub, oder?»

«Kommen Sie mit, wenn Sie wollen. Ich nehme die Metro.»

Das Mädchen holte ihn auf der Höhe des Museums für französische Baudenkmäler ein.

«Das Problem ist, daß ich in Denfert umsteigen muß, ich

muß unbedingt einen Typen in der Vorstadt treffen, um Yani…»
«Ich kann Sie nicht begleiten. Wo kann ich Sie erreichen?»
«Hm, gut…»
Gabriel zog eine Visitenkarte aus den Tiefen seiner Jacke.
«Wenn Sie wollen, können Sie mir unter dieser Nummer eine Nachricht hinterlassen.»
Cendrine nahm die Karte und drehte sie in alle Richtungen.
«Ein Friseur! Was ist denn das, ein Massagesalon?»
«Das ist kein Massagesalon, die Chefin ist eine Freundin. Ich wohne im Hotel. Auf diese Weise kann man mich am schnellsten erreichen.»
Cendrine steckte die Karte in eine kleine Tasche, die unter ihrem Pullover verborgen war.
«Weil Sie nicht in Paris wohnen?»
«Ich bin hier geboren, ich habe mein ganzes Leben hier gelebt, und wahrscheinlich werde ich hier krepieren!»
«Und Sie leben im Hotel!»
«Ich bin zu faul, mein Zimmer aufzuräumen.»
«Das ist ja irre!»
«Ich bin ein Obdachloser mit einem Dach über dem Kopf, wenn du so willst.»
«Ach, wir duzen uns?»
Gabriel seufzte. Verwirrend, diese Gazelle, mit ihren grünen Augen, die aussah wie Sharon Stone.
«Ja, und hör auf, mich so anzusehen!»
«Was bist du nun genau?» fuhr sie neugierig fort. «Ein Militanter? Ich habe einen Freund bei *Recht auf Wohnung*, er kann…»
Gabriel lachte nervös auf.
«Oha! Immer gleich die großen Worte…»
«Du bist witzig! Du kommst einfach daher und glaubst, daß man dir blind vertraut…»

«Okay, wollen wir es dabei lassen?»
Cendrine zuckte mit den Schultern und schenkte ihm ein erstes Lächeln.

Der überfüllte Bahnsteig der Metro war zu drei Vierteln mit den Demonstranten vom Trocadéro gefüllt. Es herrschte Grabesstille, eine fast greifbare Spannung, die sich erst bei der Station Montparnasse löste, als die erste Welle von Reisenden die Waggons überflutete, die nichts von dem Drama in Charençon wußten. Cendrine und Gabriel, die eingeklemmt und von den schimpfenden Passagieren getrennt worden waren, tauschten bis Raspail verstohlene Blicke aus. An der nächsten Station verabschiedeten sie sich.
«Du kannst mich auch nachts anrufen», sagte Gabriel, als sie ausstieg. «Meine Freundin hat einen Anrufbeantworter.»
«Aber wen verlange ich denn?» rief sie leicht panisch.
Gabriel hatte das Gefühl, daß er nicht lange auf Neuigkeiten von Sharon Stone zu warten brauchte. Die seltene Perle, die Cheryl endlich ein wenig eifersüchtig machen würde.
«Pulp. Du fragst einfach nach Pulp …»
Das Schnappen der Gummidichtungen schnitt das Ende seines Satzes ab.

PULP 11 *und die Glatzen der Fraternité*

Der kleine Friseursalon in der Rue Popincourt war fast leer. Eine Shampooneuse bearbeitete eine Kopfhaut. Die andere Angestellte blätterte hinten im Salon in einem Modemagazin, während Cheryl, die Chefin, ein Mädchen mit grünen Haaren abkassierte. Gabriel stieß die Tür auf. Cheryl entließ ihre

Kundin und kam ihm mit leicht schwingendem Hinterteil entgegen. Cheryl. Ein hautenges rotes Lederkostüm betonte ihre Formen und die weizenblonden Haare. Umwerfend, wie immer.

«Na, wieviel Bullen hast du heute auf den Fersen, mein Engel Gabriel?»

Gabriel drückte einen keuschen Kuß auf den Hals der Coiffeuse. «Du riechst gut!»

«Gefällt es dir? Von Guerlain. Ein geiler Reisevertreter.»

«Du riechst gut, aber du bist vulgär.»

«Fragst du mich gar nicht, wie das mit Freund Guerlain ausgegangen ist?» flüsterte Cheryl in Pulps Ohr.

«Ich vertraue auf deinen Sinn für Tugend.»

«Du könntest wenigstens eifersüchtig sein ... Übrigens, eben hat eine Cendrine für dich angerufen, sie schien ziemlich durcheinander zu sein, die Ärmste!»

«Jetzt schon? Wir haben uns vor kaum zwei Stunden getrennt!»

«Ich hatte das Gefühl, sie wollte testen, ob du ihr nicht eine falsche Nummer gegeben hast ... Es ist wenig los, soll ich mich ein bißchen um dein Haar kümmern?»

«Stell dir vor, diesmal bin ich genau deswegen gekommen.»

«Nun denn, setz dich, Indiana Jones ...»

Eine Viertelstunde später hatte Cheryl Gabriels braune Locken mit einem postgelben Färbemittel und dem dazugehörigen Gel eingerieben.

«Du siehst aus wie ein echter Wikinger», säuselte Cheryl. «Willst du die kleine Cendrine aufreißen oder auf Kundenfang gehen? Wenn es um die Göre geht, sollte man den Look noch mal überarbeiten ... Sag, liebst du mich noch ein bißchen?»

Gabriel bewunderte im Spiegel die Metamorphose in einen nordischen Bowie. Cheryl bettelte mit den Lippen um einen Kuß. Er hatte große Lust, sie an sich zu reißen, schon um ihr zu zeigen, daß ihre Eifersucht fehl am Platze war. Aber die Mädchen beobachteten sie, und er hatte seine Prinzipien. Cheryl auch, entgegen allem Anschein. Er beschränkte sich auf einen glühenden Handkuß.

«Setz dir bloß was auf, wenn du rausgehst», meinte sie lachend.

Gabriel schob einen Hundert-Franc-Schein in das verführerische Dekolleté seiner ewigen Verlobten, wie einer Nutte mit großem Herzen. Die beiden Angestellten brachen einstimmig in Gelächter aus.

«Ich habe immer nur Sie geliebt», seufzte er. «Ich ruf dich an.»

PULP 12 *und die Glatzen der Fraternité*

Bevor er sich in den finsteren Gassen einer Stadt auf die Lauer legte, liebte Pulp es, die Hauptstraßen zu durchmessen, die Passanten zu beobachten, wie sie miteinander sprachen, stritten oder lachten, und sich nach schönen Mädchen oder Bettlern umzudrehen. Und wenn ihm die Freude am Voyeurismus verging, genügte eine Kleinigkeit, beispielsweise jemanden nach der Uhrzeit oder nach dem Weg zu fragen, und die Maschine begann zu laufen. Gabriel hatte diese Praxis zum Prinzip erhoben. Wenn man verstand, wie es an der Oberfläche lief, hatte man in den Abgründen schon fast gewonnen. Das zahlenmäßige Verhältnis von Alten und Jungen ergab zum Beispiel eine ziemlich genaue Vorstellung von der Lethargie oder Dynamik einer Stadt. Die Begegnung mit Joël hatte ihn an seinem einführenden Bummel gehindert, daher fing er noch einmal von vorn an. Er stieg eine Station nach *Fraternité* aus, im historischen Stadtzentrum. Er kam im Viereck des Jacques-Soustelle-Platzes ans Tageslicht, und es fiel ihm wie Schuppen von den Augen. In Charençon sprang es einem geradezu ins Gesicht: Diese Stadt war toter als tot.

Wie kam dieser Eindruck zustande? Durch die kleine, reizlose Kirche, in deren Giebel *Freiheit, Gleichheit, Brüderlichkeit* eingemeißelt war? Durch die ohrenbetäubende Blasmusikkapelle, die vor einem Häuflein von tattrigen Alten Marschmusik spielte? Durch den grauenhaften Betonkiosk, der den Platz erdrückte? Durch die neo-mussolinische Fassade der Schule, die in mehr als einem Pennäler den Wunsch nach Dynamit geweckt haben mußte? Durch den pompösen Slogan eines Bürgermeisters, dessen überdimensionales Abbild an jeder Bushaltestelle klebte? *Ein Weg, ein Ziel!* Oder durch die Hirnlosigkeit, die all das verband? Zweifellos durch alles zusammen. In dieser höchst banalen Umgebung war ihm nur eins sympathisch: Das Kriegerdenkmal war, Gott weiß warum, in eine riesige weiße Schutzhülle à la Christo verpackt.

Er nahm all das mit einem entmutigten Blick wahr, ging die Hauptstraße bis Bartavelles hinunter und schlenderte durch ruhige, helle Straßen zurück, wo er Bataillone von Wählerinnen von Philippe de Villiers traf, dem ultrakatholischen Präsidentschaftskandidaten der Rechten. Er stieß in abgelegene Winkel vor, zwischen den Eisenbahnschienen und der Autobahn Wilder Westen mit bösen Buben. Nicht weit davon, zwischen der Bahnlinie und Petites Usines, das Schwimmbad, die Eisbahn, die Bibliothek Nicolas-Jacques Conté, der Fitneßclub, in dem Yanissa einen Job gefunden hatte, und die alten Bleiminen. Er ließ die Leuchtreklame von Bercy 2000 und das Karree Port-aux-Lynx links liegen, diese neuen Yuppie-Viertel sagten ihm nichts über die Stadt. Dann ging er über die Brücke Sainte-Honorine und ließ aus den gleichen Gründen das Geschäftszentrum La Chantreille beiseite. Danach ging er ins Café Roussillon. Dort roch es nach Kohlsuppe mit Speck und gebratener Ente. Halb sieben Uhr abends. Er fühlte sich wie gerädert und hatte Hunger wie ein Wolf.

PULP 13 und die Glatzen der Fraternité

Francis, der Ober, stellte Gabriel einigen Leuten vor, die im Hinterraum des Roussillon an einem Tisch mit abgegessenen Tellern saßen. Sie waren zu dritt. Ein derber Typ in den Vierzigern sah aus wie mit allen Wassern gewaschen und hatte einen Schnurrbart à la Zorro. Dann zwei Frauen. Die eine, etwa sechzig, üppige Brüste, das Haar hoch aufgetürmt, eine Gitane im Mund, wühlte in einem Haufen Akten herum. Die andere, knapp dreißig, halblange pechschwarze Haare, eine kleine Brille mit runden Gläsern, ein indisches Hemd, saß kerzengerade auf dem Stuhl und schien direkt aus einem Aschram gekommen zu sein. Francis setzte sich an den Tisch und machte sie miteinander bekannt.

«Théo, Gilberte, Adèle … Liebe Freunde, ich stelle euch jemanden vor, der Nachforschungen über den Tod von Alvaro Pereira anstellt. Ich weiß immer noch nicht Ihren Namen …»

«Freut mich, Sie kennenzulernen. Hm … Gabriel. Gabriel Lepulp.»

Gabriel schüttelte ihnen die Hand und setzte sich neben Aschram-Adèle, die ihn lächelnd durch ihre Brille musterte.

«Francis hat uns von Ihnen erzählt. Gibst du noch eine Runde aus, Chef?»

Francis begab sich zur Bar, und Gabriel war überrascht. Derjenige, den er für einen aufmüpfigen Kellner gehalten hatte, war in Wirklichkeit der Chef.

«In was machen Sie denn nun genau, außer rauchen und trinken?»

«Wir machen in Gemeinnutz», antwortete die dicke Gilberte lachend.
«Wir machen eine Underground-Zeitung», fügte Adèle hinzu.
«Und wie heißt die?»
«*Charençon-sans-Plomb*: Charençon bleifrei.»
Gabriel mußte lachen.
«Nicht schlecht, die Öko-Wendung.»
«Wir sind gerade bei Nummer 4», sagte Adèle. «Es ist blöd, daß wir keine Ausgabe hier haben. Aber ich übergebe das Wort besser unserem Chefideologen. Francis, erzählst du? … Wenn ich damit anfange, kann das Stunden dauern. Ich neige zu Ausschweifungen …»
Der Patron kam mit einem Tablett zurück. Côte du Roussillon und Tuborg. Das Weißbier war alle. Er setzte sich an den Tisch und erklärte:
«Unser Ziel ist einfach: laut aussprechen, was alle heimlich denken. Den Leuten das Wort geben. Aber das stößt nicht überall auf Gegenliebe.»
«Moment mal», unterbrach Gabriel. «Normalerweise sind Gastwirte doch eher konservativ und Polizeispitzel. Wie steht's hier damit?»
«Das sind doch dämliche Klischees! Wir sind hier nicht in Paris.»
«Erzähl dem Herrn doch, wie du dazu gekommen bist», schlug Gilberte vor. «Das wird ihm Appetit machen.»
Die Kellnerin brachte Gabriels Mailänder Pfanne. Francis legte sofort los.
«Als ich diesen Laden hier vor vier Jahren gekauft habe, war alles in Ordnung. Das Restaurant war quasi die Kantine für die Baustelle von Chantreille, es lief alles wie geschmiert. Aber eines Tages gab es eine böse Überraschung: Man entzog mir die Schanklizenz für die Zeit von Mitternacht bis zwei Uhr morgens. Erregung öffentlichen Ärger-

nisses. Angeblich förderte ich das Verbrechen! Dabei kamen selbst die Bullen bei mir vorbei, um ein Gläschen zu trinken, du kannst sie fragen … Ich hab an den Bürgermeister geschrieben, an den Präfekten. Natürlich keine Antwort! Das war alles von A bis Z abgekartet! Drei Monate später hat das Café gegenüber dichtgemacht. Dort konnte man Zigaretten kaufen und Pferdewetten abschließen. Jetzt ist da die Tapie-Bank drin. Ich hab mich mit Paul, dem Chef vom *Metropaulo*, geeinigt. Er hat sich um die Lizenz fürs Pferdetoto beworben, ich mich um den Tabakverkauf. Antwort der Stadtverwaltung: ‹Trotz des jüngsten Zustroms von neuen Einwohnern im Stadtteil Port-aux-Lynx liegt die Zahl der Tabakhändler pro Kopf in Charençon-le-Plomb offensichtlich weit über der zulässigen Norm. Folglich, bla bla bla …› Folglich hat man Francis zum zweiten Mal verarscht! Folglich bekam sechs Monate später der Kiosk-Inhaber in Chantreille, ein Kumpel von Ceriseray, die Tabaklizenz. Da das im Flächennutzungsplan nicht vorgesehen war, haben diese Arschlöcher gewartet, bis ein Tabakladen pleite ging. Ein kleiner Wink vom Kommandeur, ein neuer Pachtvertrag, Änderung des Geschäftszwecks, und hopp, weg damit. Da hat es mir gereicht! Die Raucher gehen nun zum Trinken in die Brasserie von Chantreille, und ich steh genauso blöd da wie vorher! In zwei Jahren ist mein Umsatz um ein Drittel gesunken. Verstehst du, warum ich auf die Barrikaden geh?»

«Du meinst, das hängt alles zusammen?» fragte Gabriel.

Francis dämpfte seinen Zorn mit einem Glas Rotwein.

«Ich denke schon! Ziel der Aktion: die Prosperität von Chantreille. Der Bürgermeister ist an diesem Hornissennest beteiligt, er hat seine Kumpel dort untergebracht. Er ist vor nichts zurückgeschreckt! Und ich hab fast noch Glück gehabt … Sieh mal, der Schlachter von nebenan … Er hatte einen schweinischen Kontaktbereichsbeamten am

Hals, das kannst du dir nicht vorstellen. Sobald ein Kunde in der zweiten Reihe parkte, um etwas Fleisch zu kaufen, peng, ein Knöllchen! Ein Schulterstück für zweihundert Franc das Kilo, das macht man nur einmal! Die Kunden blieben weg … René war stinksauer. Ein ruhiger Typ wie er mußte Beruhigungsmittel schlucken! Schließlich hat er dem Bullen eins in die Fresse gehauen und sich eine Anzeige eingehandelt! Er hatte die Schnauze voll, hat den Laden verkauft …»

«Ich hab gehört, daß das Büro für Stadtreklame dort eine Filiale aufmachen will», sagte Gilberte. «Zum Kotzen!»

«Das ist doch Stoff für eure Zeitung», meinte Gabriel.

«Was mich betrifft, ist das Problem, daß es keine Beweise gibt», meinte Francis. «Ich habe keine Lust, mir eine Verleumdungsklage an den Hals zu holen. Wir sollten lieber über die Verschlechterung der Lebensqualität schreiben. Da gibt es jede Menge Arbeit. Aber wenn wir heikle Themen ansprechen können, sollten wir uns keine Zurückhaltung auferlegen.»

«Und ich sage euch, mit dem Mord vom Samstag», meinte Adèle, «wenn wir uns nicht allzu blöd anstellen, da können wir den Bürgermeister bei den Eiern packen!»

«Wenn er welche hat!» kreischte Gilberte.

«Gut», sagte Francis. «Sollen wir es ihm sagen?»

«Ich möchte erst mal wissen, mit wem wir es zu tun haben», meinte Gilberte und köpfte eine Gitane-Filter. «Da kommt irgendein Kerl an, du findest ihn nett, und schwupp, schon schluckst du seinen Rotz wie Molke. Ich will dich nicht in Verlegenheit bringen», fügte Gilberte mit dem Lächeln eines Conférenciers im Lido hinzu, «aber kannst du uns nicht verraten, wer du eigentlich bist? Wir wollen ja nicht gleich deinen Ausweis sehen!»

«Das ist das geringste Problem», sagte Gabriel. «Man nennt mich Pulp …»

Einige Gläser später (Wein für die Eingeborenen, Bier für die Weinverächter), und nachdem Gabriel die Gründe für sein Auftauchen in Charençon dargelegt hatte, ergriff Adèle das Wort:

«Nun gut. Jedes Jahr, wenn die Kirmes von Trône bevorsteht, schreibt Ceriseray im Namen aller Einwohner von Charençon an den Bürgermeister von Paris und bittet ihn, das Spektakel zu verbieten. Aber der stellt sich taub. Eine solche Institution wie dieses Fest in der Vorstadt zu verbieten, ist kein Vergnügen ... Hat er doch schon den Armen den Aufenthalt im Zentrum von Paris verboten!»

«Und warum macht *Kirsche* das?» fragte Gabriel.

«Derselbe Grund wie bei Francis. Angeblich steigt die Kriminalität durch das Fest. Der Skandal ist, daß er im Namen *aller* Einwohner schreibt, obwohl das eigentlich nur die Anwohner der Avenue des Bartavelles betrifft, eine kleine Lobby von stinkreichen Großbürgern. Was dagegen *Petites Usines* betrifft, wo die Leute die Abgase der Autobahn ertragen müssen, das läßt der Kommandeur einfach unter den Tisch fallen. Die würden ihn sowieso nicht wählen, du verstehst.»

«Das ist sein gutes Recht», meinte Gabriel.

«Der findet das normal! Wo kommt der denn her?!»

«Ich hab doch nur gesagt, das ist sein gutes Recht!»

«So was sagt man nicht, wenn man die Sache voranbringen will.»

«Sie regt sich immer gleich so auf», sagte Schnauzbart-Zorro.

«Scheiß drauf! Ein rassistisches Verbrechen! Und du meinst, man soll sich nicht aufregen!»

«Genau», mischte Gabriel sich ein. «Wenn ich mal was sagen darf ... Im Moment seh ich da überhaupt keinen Zusammenhang mit dem Mord an Alvaro Pereira.»

Adèle durchbohrte Pulp mit den Augen. Der Aschram wurde zur Stierkampfarena.

«Warte, das ist noch nicht alles. Jedes Jahr, im Juli, gibt es einen großen Karibischen Karneval auf demselben Festplatz. Auch da derselbe Zirkus: Der Kommandeur bittet den Bürgermeister von Paris, dem Vergnügen ein Ende zu machen. Ich geb dir mal 'ne ethnologische Studie über die Festtagsgebräuche der Leute von den Antillen, die leben und trinken nicht wie wir, das ist ja bekannt, die passen einfach nicht zu uns ... Und letztes Jahr ist er noch weiter gegangen ... Gilberte, gib mir doch mal die Unterlagen.»

Adèle riß Gilberte ein Blatt Papier aus der Hand und las:

«Zum Schluß schreibt er, hör gut zu, das geht runter wie Öl ... *In den heißen Nächten ist die Nervosität groß, und wenn einem Anwohner eines Tages, durch den Lärm zur Verzweiflung getrieben, die Hutschnur platzt und er in die Luft schießt und dabei eines der fröhlichen Mitglieder der Karnevalsgesellschaft trifft, dann ist es zu spät, um Tränen zu vergießen* ... Und siehe da, der Tag ist bereits gekommen. Zwar nicht beim Karneval, aber er ist gekommen.»

Gabriel nahm Adèle den Brief aus den Händen und überflog ihn. «Und damit wollt ihr Anklage erheben? Das ist doch derartig vorsichtig umschrieben ...»

«Spinnst du, oder was?»

«Wenn es wenigstens ein Anwohner gewesen wäre, der geschossen hat ... Aber die Skinheads, die Alvaro umgelegt haben, haben das bestimmt nie gelesen. Falls die überhaupt lesen können ... Ganz abgesehen davon, daß das fast ein Jahr alt ist.»

«Das Wort *schießen* steht eindeutig da», bemerkte Francis. «Das ist Anstiftung. Das ist schwerwiegend.»

«Du hast doch bestimmt mitgekriegt, was nach dem Mord in Marignane passiert ist. Man hat so getan, als ob *Franc National* zum Teil die Verantwortung übernehmen müßte, und zwei Jahre später keine Rede mehr von strafrechtlicher Verfolgung. Das ist eben Demokratie, im Namen der Toleranz duldet man die Keime des Faschismus.»

«Toleranz? Schiß haben die, so ist das doch!» brüllte Zorro wütend. «Wenn die Politiker Schiß haben, einem Typen auf die Zehen zu treten, der davon träumt, die Ausländer ins Meer zu werfen, dann steht dem Faschismus Tür und Tor offen. Denkt doch mal daran, wie Hitler an die Macht gekommen ist. Dieser Verbrecher schreibt im Knast *Mein Kampf*, und die haben ihn laufenlassen!»

«Glaubst du nicht, daß du ein bißchen übertreibst, wenn du das alles in einen Topf wirfst!» warf Gilberte ein.

«Kannst dich ja raushalten! Jedenfalls, mit dem bretonischen Duce ist es genau dasselbe. Der einzige, der ihm gegen's Knie getreten hat, ist Tapie ... Das ist wirklich nicht besonders ruhmreich, Scheiße! Es geht nicht darum, bei den Skinheads eine Gehirnwäsche zu machen, das ändert überhaupt nichts, man muß den Kopf des Ganzen treffen, verdammt noch mal!»

«Aber wie, mein Lieber, wie?»

«Es würde genügen, daß irgendein mutiger Mensch ihm im Fernsehen live auf den Kopf zusagt: ‹Mein Herr, Sie sind ein Faschist, Rassist und Antisemit. Ihre Partei ist nur eine Verschwörung, deren Ziel die Auflösung der Republik ist, und Sie interessieren sich für die Franzosen nur deswegen, weil Sie ihnen an der Spitze einer Armee von Putschisten in die Fresse treten wollen ...»›

«Du bist ja nicht ganz dicht!» meinte Gilberte. «Keiner hat Lust, sich einen Prozeß aufzuhalsen.»

«Na gut, dann muß man eben sagen: ‹Sie werden bestimmt Verleumdungsklage gegen mich erheben und diesen Prozeß gewinnen. Aber alle, die die Schnauze voll davon haben, die Ergüsse dieses Überbleibsels aus der Pétain-Zeit im Fernsehen über sich ergehen zu lassen, alle die bitte ich, mir zehn Franc oder auch mehr, je nach den Möglichkeiten, zu schicken, damit ich die Strafe bezahlen kann.»›

«So was wie eine antifaschistische Solidaritätssendung», faßte Francis zusammen. «Gar nicht mal so verkehrt.»

«Genau! Der Duce wird regelrecht ausflippen, das hat bestimmt 'ne gute Wirkung!»

Adèle stieß Gabriel mit dem Ellbogen an.

«Das ist es, oder? Und warum hast *du* das noch nicht gemacht?»

«Weil man mich noch nie zu einer Fernsehdiskussion mit dem bretonischen Duce eingeladen hat, du Schlaukopf!»

Gelächter.

«Ach was! Das hätte vielleicht vor fünf Jahren eine Wirkung gehabt», schaltete sich Gilberte ein, «aber heute würde der Typ nicht genug Kohle zusammenkriegen. Und weißt du, warum? Weil ein Großteil der Leute, die damals mitgemacht hätten, aus dieser Scheißgesellschaft ausgeschlossen worden sind, und weil keiner einen Finger gerührt hat, um ihnen zu helfen. Und kommt mir bloß nicht mit den Sozis, die sind viel zu sehr damit beschäftigt, die Schäfchen der Bosse ins Trockene zu bringen! Sie haben nur noch dieses große Arschloch, den finden sie geil. Und je mehr Leute ihm in den Arsch kriechen, um so mehr Alvaro Pereiras werden umgelegt, und umgekehrt.»

«Du bist ja ganz schön vulgär!» seufzte Adèle. «Außerdem ist das kein Grund, den Armen die Schuld zuzuschieben.»

«Man kann arm sein, aber das ist kein Grund, ein Arschloch oder Rassist zu werden», schrie Schnauzbart-Zorro. «Außer man ist schon vorher einer gewesen ... *das* ist eine Entschuldigung, im äußersten Fall!»

«Da hat er irgendwie recht», sagte Gabriel, angeregt vom Durcheinander der Versammlung.

Zorro klatschte Beifall und prostete ihm zu.

«Danke, Kumpel. Du hast das Wort. Wir sind ja in einer Demokratie, Scheiße.»

Gabriel leerte mit andächtigem Schweigen sein viertes Tuborg.

«Francis hat recht, euer Plan läßt sich vielleicht in die Tat umsetzen. Ich habe mit Alvaros Freunden gesprochen. Sie sagen, daß Schüsse aus der Avenue des Bartavelles gefallen sind. Die Bude von eurem Maler da, könnte die nicht mit dem Mord zusammenhängen?»

«Mach dir da keine falschen Hoffnungen», meinte Gilberte. «Rosciolli hat schon immer gern den durchgeknallten Don Corleone gespielt.»

«Aber trotzdem wird die Villa seit Samstag Tag und Nacht bewacht», sagte Adèle. «Tagsüber schwarze Sheriffs, nachts die Polizei. Besser als die Sozialbauwohnung von Chirac. Der alte Knacker gibt sich bestimmt nicht mit Kleinkram ab. Vielleicht sollte man wirklich mal einen Blick darauf werfen, oder?»

«Joël hat uns gesagt, daß du nicht abgeneigt wärst, Pulp», warf Francis ein.

«Gehört Joël auch zu eurer Gruppe?»

«Joël, er steckt *Charençon-sans-Plomb* in die Briefkästen. Und er ist da, wenn man ihn ruft. Vergiß das niemals, Pulp.»

Gabriel drehte sich um.

Don Quijote stand an der Bar, neben ihm ein Einkaufswagen, der bis zum Rand mit Zeitungen gefüllt war. Er setzte sich zu ihnen und rief dabei «Arago-Arago-Arago!» Gabriel fühlte sich allmählich ziemlich schlapp. Ein schlapper Pulp, gut, das hat man davon, wenn man sich mit miesem Bier zuschüttet. Mit halbem Ohr verfolgte er die unglaublichen Diskussionen der Amateurjournalisten. Verblüfft über das Geschwür, das eine so kleine Stadt hervorbringen konnte. Zum zweiten Mal an diesem Tag mußte er an das andere Geschwür namens Vergeat denken, der den französischen Staatsschutz vertrat. Diesen Haufen zu unterwandern wäre ein Kinderspiel. Er hätte doch auch ein Spitzel von André Ceriseray sein können.

Gilberte war Sozialarbeiterin und betreute Knackis. Adèle war Aushilfskraft bei der Post von Charençon, Zorro schlug sich so durch, Pferderennen, Wiedereingliederungshilfe und so weiter. Ein Pulp stellt keine Fragen, er trinkt. Stopft alles in sich hinein. Hauptsächlich Bier, wenn möglich! Wie Cripure, der Held in *Schwarzes Blut*, sagte: *So schwer wie möglich sterben, um die Sargträger zu ärgern.* Als er an Louis Guilloux dachte, entschloß Gabriel sich, Cheryl anzurufen. Keine Nachricht von Cendrine. Cheryl schmollte. Gegen Mitternacht, nachdem er die Telefonnummer von Adèle, die ihm immer besser gefiel, gegen die von Radio Cheryl getauscht hatte, verabschiedete er sich von der Diskussionsrunde. Auf der Straße war kein Mensch zu sehen. Sieben oder acht Tuborg zeigten Wirkung, er war nicht besonders wachsam. Er ging über die Rue de Paris und näherte sich schwankend der Metrostation. Er bemerkte nicht den Peugeot 504, der ohne Scheinwerferlicht auf ihn zuraste. Aber er hörte den durch die Nacht gellenden Schrei: «ARAGO! ARAGO!» Instinktiv warf er sich nach vorn und stieß mit der Stirn an die Bordsteinkante. Joël rannte zu ihm herüber und half ihm auf die Beine.

«Mensch, das war knapp! Hast du dich verletzt?»

«Danke, es geht schon, Don Quijote. Du bist ein echter Schutzengel.»

Joël gab ihm aufgeregt eine Ausgabe von *Charençon-sans-Plomb*.

«Hier, ich hab mir die Nummer gemerkt.»
«Oh, du meinst, das war Absicht?»
«Du sagst es, Alter, er hat sogar noch Gas gegeben.»
Pulp drückte seinen Retter an die Brust und verschwand im Schlund der Metro. In der U-Bahn schlug er *Charençon-sans-Plomb* auf. Nichts von den Auseinandersetzungen, die es am Abend gegeben hatte. Es war die Rede vom Schwimmbad, das schon den ganzen Sommer geschlossen war, Roller-Skating sollte verboten werden, weil es angeblich zu gefährlich war, die Polizei bekam immer mehr Leute, die Zahl der Sozialarbeiter ging drastisch zurück. Zwei Leserbriefe. Der Bürgermeister wurde heftig kritisiert. Eine arbeitslose Frau, die die Nase voll hatte, vom Arbeitsamt in Ivry zur Rentenversicherung in Choisy zu rennen, forderte einen kostenlosen Pendelverkehr, auch für die Rentner und Einwohner von Port-aux-Lynx. Ein verbitterter Rentner, der das Buch seines Lebens über die Geschichte der Stadt vorbereitete, berichtete, daß man ihn daran gehindert habe, bestimmte städtische Archive aufzusuchen, und zwar unter dem Vorwand, daß der Bürgermeister, ebenfalls ein begnadeter Schriftsteller, schon über dieses Thema schreiben würde. Pulp faltete die Zeitung zusammen. Ihm gegenüber saß ein einbeiniger Clochard, der seinen Beinstumpf nach Flöhen durchsuchte. Bei jedem Fund schnalzte er mit der Zunge und versetzte Gabriel in eine mehr körperliche Realität zurück. Langsam stieg ihm das Gebräu aus dem Magen hoch. In Faidherbe-Chaligny stieg er aus. Kurz vor dem Cosmos-Hotel wurde ihm speiübel. In Erinnerung an Tante Marie-Claude breitete er Don Quijotes Zeitung auf dem Bürgersteig aus und kotzte genau auf die Stelle, wo er die Nummer des Verkehrsrowdys notiert hatte. Sofort ging es ihm wieder besser. Plötzlich fiel ihm ein, daß er die Papiere bei Pedro abholen mußte. Einen Happen essen wäre auch nicht schlecht. Aber das

mußte noch warten. Er marschierte zum Léon-Blum-Platz und nahm dort ein Taxi. Pedro erwartete ihn bei einem schlechten Film von Roger Corman. Sie hatten beide Hunger. Pedro bastelte ein Omelette, das sie schweigend in sich hineinstopften, dazu gab es ein Desperado. Die existentielle Depression hatte Junge gekriegt.

PULP 15
und die Glatzen der Fraternité

Pulp schreckte aus dem Schlaf hoch, besessen von einer fixen Idee. Es war sechs Uhr morgens, er lag auf Pedros Sofa, er mußte irgendwas erledigen, aber was? Unter der Dusche fiel es ihm wieder ein. Er rief Gérard an, der beim zwölften Klingeln abhob und sich wie ein Zombie anhörte. Für einen Augenblick bedauerte er sämtliche niederträchtigen Gedanken, die ihm zu seinem Lieblingswirt eingefallen waren. Jemand, der aus dem Bett stieg und ohne eine Erklärung zu verlangen, fünfhundert Meter weiter eine vollgekotzte Zeitung vom Bürgersteig holte, war wirklich ein echter Freund. Zwanzig Minuten später rief Gérard zurück. Die Stadtreinigung war ihm zuvorgekommen. Gabriel entschuldigte sich. Wahrscheinlich war die Nummer unter der Hopfenschicht sowieso unlesbar gewesen. Er sah sich die Sachen an, die Pedro für ihn bereitgelegt hatte, als wichtigstes einen Revolver und eine Schachtel Munition. Eine Astra 680, Kaliber 38, sehr handlich, die in der Tasche nicht allzusehr auffiel. Pedro hatte sich natürlich nicht zurückhalten können, eine spanische Waffe zu wählen.
Er ging auf einen Sprung ins Cosmos-Hotel. Ein kleines Nickerchen bis zehn Uhr, dann rief er Radio Cheryl an. Cendrine hatte zwei Nachrichten hinterlassen. Auch eine Telefonnummer. Eine Stunde später saß er in einem Café an der Place de la Nation.

Ein zerknautschter Minirock, zerzaustes Haar, Sharon Stone hatte die ganze Nacht kein Auge zugemacht. Die Übermüdung gab ihrer Schönheit einen übermenschlichen Anstrich. Sie trank einen Kaffee nach dem anderen, stolperte über jedes Wort. Yanissa war einfach nicht zu finden. Ihre Brüder hatten alle Möglichkeiten ausgeschöpft. Nichts. Und als ob das nicht genügte, war ein Flic vom Kommissariat vorbeigekommen, um Madame Pereira höchst offiziell davon zu unterrichten, daß man das Verschwinden ihrer Tochter verdächtig fand. Es fehlte nicht viel, und dieser waschechte Faschist hätte sein Beileid ausgedrückt, als sei es ein Akt der Hygiene. Ein Vorstadtkumpel, der glaubte, ihre Spur gefunden zu haben? Ein Schweinehund, der die Situation ausnutzen wollte, um sie anzumachen. Das hatte zu einer Prügelei geführt, zu seinem Nachteil, ein Tritt in die Eier und zehn Tage Enthaltsamkeit. Gabriel wartete, bis sie ihre berechtigte Wut abgelassen hatte, und kam dann zu der Frage, die ihm schon die ganze Zeit durch den Kopf ging: die Bullenphobie von Yanissa. Cendrine war nicht besonders scharf darauf zu erzählen. Sie hatte es sich einfacher vorgestellt, mit diesem scheinbar so lockeren Typen zusammenzuarbeiten, der sich für einen Sonderbotschafter der Vorsehung hielt. Aber sie verstand, daß sie da durchmußte. Sie hatte Vertrauen zu ihm. Er mußte diese Geschichte erfahren. Aber erst mal verschwand sie, um etwas Farbe auf ihr erschöpftes Gesicht zu pinseln. Erst als sie wiederkam, merkte sie, daß er seine Haare blond gefärbt hatte. Aber sie stellte keine Fragen. Sie trank den x-ten Kaffee und sprang ins kalte Wasser.
All das war vor etwa einem Jahr passiert, an einem Wochentag, im April 94.

Sie hatten Cendrines Geburtstag gefeiert, in einem kleinen Restaurant in der Rue de Lappe, sie hatten nicht wenig getrunken und viel Spaß gehabt. Da Cendrine bei Yanissa übernachten wollte, hatten sie ein Taxi genommen. Der Fahrer hatte Cendrine als Nutte beschimpft, weil sie kein Trinkgeld gegeben hatten. Yanissa, beschwipst, hatte ihn mit einem Tritt in die Autotür bestraft, und er war wütend ausgestiegen, um sich den Schaden anzusehen. Dann kam eine Polizeistreife vorbei. Dicke Fettsäcke, ein Farbiger und ein blonder Macho. Der Taxifahrer hatte sich verdrückt. Cendrine erklärte ihnen die Geschichte, ein Mißverständnis. Die Flics wollten nichts wissen. Yanissa hatte ihren Ausweis nicht dabei. Cendrine erklärte, daß sie nur zwei Schritte von hier wohnten, und schlug vor, kurz nach Hause zu gehen und den Ausweis zu holen. Nichts zu machen. Yanissa drehte durch, beschimpfte die Bullen als Schweine, Rassisten. Und es war der Farbige, der gesagt hatte: «Ne Schwarze wollt ich schon immer mal ficken!»

«Sie haben uns zum Polizeirevier gebracht», fuhr Cendrine fort. «Angeblich wegen Trunkenheit. Sie wollten, daß wir einen Alkoholtest machen und in die Tüte blasen, aber wir haben uns geweigert und gesagt, daß wir nichts verbrochen hätten, daß das doch nur für Autofahrer wäre ... Der Blonde sagte, daß wir die öffentliche Ordnung gestört hätten, daß wir sie beschimpft hätten, daß uns ein Stündchen in der Zelle guttun würde. Vor allem diesem Affenweibchen, fügte er hinzu und deutete dabei auf Nissa. Nissa war voller Haß, ich weiß nicht, wie sie es geschafft hat, cool zu bleiben, sie war großartig. Wir haben verlangt, einen Vorgesetzten zu sprechen, unsere Familie anzurufen, ich weiß nicht mehr was noch, all diesen legalen Scheiß. Als wir zu laut wurden, haben sie uns in einen anderen Raum geführt, wo irgendeine Tussi uns aufgefordert hat, uns auszuziehen, ich sage dir ... Scheiße», sagte Cendrine, «ich kenn nicht mal deinen Vornamen ...»

«Gabriel. Und dann?»
Cendrine wurde wütend.
«Durchsuchung aller Körperöffnungn und all das. Die wollten wohl Shit finden … Die blöde Kuh hat unsere Taschen, unsere Gürtel konfisziert, alles … Jedesmal wenn ich nach Charençon komme, schaue ich, ob ich sie nicht sehe, diese Sau … Dann hat sie uns gesagt, wir sollen uns wieder anziehen, und die Bullen sind lachend zurückgekommen und haben uns in eine verdreckte Zelle eingesperrt, in der Ecke stand nur ein Eimer, es stank nach Pisse, außerdem war es saukalt. Ich hätte nie gedacht, daß es so was in Frankreich gibt, echt …»
«Wie lange wart ihr da drin?»
«Sechs Stunden. Und dann um vier Uhr morgens, Yanissa … sie … bekam ihre Regel, und … Ich habe gerufen, ich habe an die Tür geklopft, und als dieser Bullenarsch kam, hat er bloß gelacht … Verdammt, du kannst dir nicht vorstellen, wie beschissen das war. Yanissa fing an zu schreien, versuchte zu erklären … immerhin, sie hat es versucht! Sie wollte irgendwas haben, um sich zu waschen, sie schämte sich, war stinksauer, und …»
Cendrine fing an zu weinen, ganz sanft. Gabriel hatte eine trockene Kehle und wußte nicht, wohin er blicken sollte.
«Und der Typ hat gesagt … *wie die Affen im Busch*! Das mußt du dir mal vorstellen. Yanissa ist ausgeflippt. Sie hat zu ihm gesagt: *Das macht dir wohl Spaß, du alter Wichser, bei deiner Alten kriegst du keinen mehr hoch, deshalb mußt du dich an so was aufgeilen, du Arschloch* … Da hat der Typ seinen Kumpel von den Antillen gerufen, einen *Schwarzen*, und der war noch schlimmer, dieser Mistkerl! Er meinte, wir seien zwei prima Schlampen, die Präservative mit sich herumschleppen … Yanissa war vielleicht in einem Zustand! Sie heulte … Sie hat die Bullen gebeten, die Polizistin zu holen, eine Frau, sie würde verstehen, das dürften sie nicht ablehnen.

Aber die haben sie mit Gewalt in eine andere Zelle geschleppt. Ich hab versucht, sie daran zu hindern, und mir eine Ohrfeige eingefangen. Ich hab gebrüllt, daß mein Vater Schulleiter in Paris ist, daß er Freunde hätte, die Anwalt sind, daß sie das teuer zu stehen kommen würde, diese kleine Folternummer. Ich wußte nicht, wohin sie Yanissa gebracht hatten, ich wußte gar nichts mehr ... bei all dem, was man in den Zeitungen von den Übergriffen der Polizei liest ... Eine Horrornacht ... Für mich ging das ja noch, aber Yanissa ... sie hat wirklich geglaubt, daß sie draufgeht! ... Sie, ach verdammt, Gabriel! Ich kann nicht mehr ...»

Cendrine brach in Tränen aus.

«Du mußt ja nicht weitererzählen», sagte Gabriel.

«Die ganze Nacht hat sie Blut verloren, und ... entschuldige, ich kann nicht ...»

Es gab eine längere Stille, und Cendrine fuhr fort: «Um acht Uhr morgens haben sie uns laufenlassen. Sie müssen sich nach meinem Vater erkundigt haben, denn als der Bulle kam, um die Tür zu öffnen, und ich ihm ins Gesicht gespuckt habe, hat er nichts gesagt! Verstehst du jetzt, warum Yanissa eine solche Angst vor den Bullen hat!»

«Und dann, was ist dann passiert?»

«Meine Eltern wollten Anzeige erstatten. Ein Freund meines Vaters ist Anwalt, er wollte sich um alles kümmern. Sie haben mit Yanissas Mutter gesprochen, aber sie wollte nicht. Sie meinte, daß das auf die eine oder andere Weise auf sie zurückfallen würde. Alvaro ist fast ausgeflippt, er wollte den Keufs die Fresse polieren. Er dachte an nichts anderes mehr. Er hat rausgekriegt, wo sie wohnen, und alles ...»

«Und hat er es gemacht?»

«Er hat sich schließlich beruhigt. Nissa hat mir jedenfalls nichts erzählt.»

«Sind diese beiden Bullen immer noch in Charençon?»

«Keine Ahnung.» Cendrine wurde wütend. «Worauf willst du hinaus? Bist du etwa ein ehemaliger Keuf?»

Gabriel mußte lachen.

«Das hat mich noch keiner gefragt!»

«War Alvaro ein Freund von dir?»

«Nein. Ich schwöre es dir. Vertraust du mir?»

Cendrine nickte.

«Wen kennt sie denn noch in Charençon, außer dir und ihrer Familie?»

«Wir haben schon alles abgesucht. Aber es gibt da einen Typen, den sie sehr gern mag, ich weiß nicht, wie er heißt … So einer, der mit Plastiktüten durch die Gegend schiebt.»

«Don Quijote. Der ist ja überall … Das ist seltsam, er hat mir gesagt, daß er sie kaum kennt.»

«Er ist eben ein verdammter Lügner.»

«Das gefällt mir gar nicht, daß er ein Lügner sein soll. Ich hab nämlich eine besondere Vorliebe für Leute, die mir das Leben retten.»

«Was hast du gesagt? Er hat dir das Leben gerettet?»

«Ich wäre gestern abend fast von einem Auto überfahren worden.»

Cendrine lachte auf.

«Man hat versucht, dich *umzulegen*? Das ist ja unglaublich … Also deshalb die neue Frisur!»

«Nein, aber du bist unglaublich, du … Ich habe nicht gesagt, daß man mich umlegen wollte!»

«Oh, schon gut, ich bin ja nicht bescheuert, oder!»

«Ich hätte lieber die Klappe halten sollen.»

«Das ist doch verrückt! Sie sind dir auf die Spur gekommen? Ich habe Angst, Gabriel.»

«Sachte, sachte, Cendrine, vielleicht war ja nur ein Betrunkener am Steuer. Wir werden deine Freundin wiederfinden. Und zwar schnell.»

«Wie kannst du da so sicher sein! Und wenn wir Pech haben, und sie ist …»

Cendrine hielt plötzlich inne, erschreckt von dem, was sie sagen wollte.

Gabriel legte einen Fünfzig-Franc-Schein auf den Tisch und streichelte dabei ihre Fingerspitzen. Sie lächelte unbeholfen und stieß seine Hand zurück. Er stand abrupt auf, ein bißchen verschämt.

«Nie kann ich dich erreichen?» fragte sie und raufte sich die Haare. «Ich hab nicht mal deine Telefonnummer.»

«Wie immer, über den Friseursalon.»

«Ist das deine Geliebte, diese Tussi? Am Telefon klingt sie ja ganz nett.»

«Das ist niemand. Also, ich muß los. Ich ruf dich heut abend an, versprochen.»

«Paß trotzdem auf dich auf.»

PULP 16 – und die Glatzen der Fraternité

Adèle erwartete Gabriel am Busbahnhof an der Porte de Charençon. Mit ihrem Fahrrad, ihrer Briefträgertasche und ihrer marineblauen Nylonjacke. Sie war gerade mit ihrer Runde fertig. In dieser Aufmachung hätte er sie fast nicht erkannt.

«Du siehst aus wie der Typ in *Mein wunderbarer Waschsalon*, mit deiner neuen Frisur», meinte sie. «Joël hat uns erzählt, was gestern abend passiert ist. Du hattest ganz schön einen in der Krone, mein Alter.»

«Trotzdem, es ist nicht zu glauben, kaum habe ich einen Fuß hierher gesetzt und …»

«Vielleicht waren sie gar nicht hinter dir her. Die wissen, daß wir uns jeden Montag treffen und daß wir um Mitternacht von Francis weggehen, und dann in der Verwirrung …»

«Aber wer ist das? *Die*?»
«Die Typen, die versucht haben, dich über den Haufen zu fahren.»
«Willst du mir sagen, daß es Leute gibt, die so sauer auf euch sind, daß sie euch umlegen wollen, ist es das?»
«Uns umlegen vielleicht nicht, aber uns Angst einjagen, ja. Aber sie haben dich ja nicht erwischt … Wenn ich sage *sie*, denke ich an niemand Bestimmten, es gibt da so einige. Weißt du, wir gehen manchen Leuten ganz schön auf den Wecker.»
Sie hatte das ganz ruhig gesagt, ohne sich aufzuregen. Gabriel war ziemlich verblüfft.
«Und ich Trottel habe die Autonummer verschlampt.»
«Das ist nicht so schlimm, Joël hat sie noch mal aufgeschrieben. Er hat ein Gedächtnis für Zahlen. Wir haben einen Kumpel in der Präfektur, der wird versuchen, den Halter ausfindig zu machen.»
«Großartig. Und was ist mit dem, was gestern abend beim Aufbruch beschlossen wurde?»
«Kein Problem. Ich habe meine Tour mit einer Freundin getauscht, ich bin die ganze Woche in Bartavelles. Und hier die Überraschung des Hauses!»
Adèle nahm einen Umschlag aus der Tasche und überreichte ihn Gabriel.
«Vereinigung zum Schutz von Bartavelles. Namen und Adressen von zweihundertvierzehn Mitgliedern. Fast alle rechten Stadträte gehören dazu. Ausdruck plus Diskette, mit einem Programm für Adreßaufkleber und einem Muster ihres Briefkopfs. Außerdem ihre Jahresbilanz.»
«Das ist ja irre!»
«Ich wollte es dir nicht sagen, bevor ich wußte, wer du wirklich bist.»
«Ach ja! Und, hast du heute nacht eine Erscheinung gehabt?»

«Ich habe Bekannte im Postamt Charonne. Da bist du bekannt wie ein bunter Hund.»
Pulp mußte lachen. Im Bistro war man immer zu redselig.
«Ich glaube, wir werden gut miteinander auskommen, Adèle. Wie hast du das Zeug gekriegt?»
«Reiner Zufall. Vor einiger Zeit habe ich nach Feierabend mit einer Kollegin gesprochen, der Sekretär dieser Vereinigung hatte eine Massensendung vorbeigebracht. Ich sah die Umschläge. Habe alles mitgenommen, kopiert und am nächsten Tag wieder zurückgelegt. Da ich nur als Aushilfe eingestellt bin, hab ich ganz schön gezittert.»
«Es lebe der Amtseid!»
«Wenn sie mich fest einstellen, hör ich natürlich mit solchen Sachen auf.»
«Und die Diskette?»
«Postgeheimnis. Okay, ich muß weiter und mich erst mal ein bißchen hinlegen. Wir sehen uns morgen.»

Die Mata Hari von der Post schwang sich auf den Sattel ihres Hollandrades und kurvte völlig unbekümmert über den Bürgersteig. Gabriel verfolgte sie noch eine Weile mit den Augen, mit einem seltsamen Stich im Herzen. Mit mageren Frauen konnte er sonst eigentlich nicht viel anfangen, aber hier … ein Geheimnis. Er ging über die Brücke der Stadtautobahn, hinter dem Friedhof, und gönnte sich in einem Café ein Leffe. Das Stechen hörte auf, als er den Umschlag öffnete. Adèle hatte nicht übertrieben. Eine Liste, die alphabetisch geordnet war. Nur der Ehrenpräsident André Ceriseray, der Vorsitzende Dino Rosciolli, die Schriftführerin Edmée de Jonchy und der Kassenwart Maurice Camion standen ganz oben. Die Namen der Berater waren mit einem Sternchen gekennzeichnet. Das aufschlußreichste Dokument war die Bilanz aus dem Jahre

1994. Städtische Subventionen: zehntausend Franc. Diverse Spenden: dreißigtausend. Dazu zweihundertvierzehn Mitgliedsbeiträge à achthundert. Das machte ein ganz hübsches Sümmchen. Gabriel war beeindruckt. Wenn diese stinkreichen Typen auch nur die geringste Verantwortung für den Tod von Alvaro Pereira hatten, ließ sich da bestimmt etwas herausschlagen.

PULP 17 *und die Glatzen der Fraternité*

Gabriel nahm Yanissas Foto aus seiner Brieftasche und wählte die Nummer, die auf der Rückseite stand. Er sprach mit Mario, einem ihrer Brüder. Ihre Mutter war nicht da.

«Sag mal, Mario, ich ruf wegen der beiden Bullen an, die die beiden Mädchen vor einem Jahr verhaftet haben. Cendrine hat mir gesagt, daß Alvaro ihre Adressen rausgekriegt hat.»

«Ja. Alva wollte ihnen das Fell gerben, diesen entarteten Schweinen. Aber sie sind umgezogen. Sie wurden kurze Zeit danach strafversetzt.»

«Ach du Scheiße! Weißt du wohin?»

«Die haben natürlich keine Anzeige in die Zeitung gesetzt. Alva hätte sie erwürgt, das schwöre ich dir!»

«Und Yanissa wußte auch nichts?»

«Meine Schwester hätte diese Rassisten niemals verfolgt, ohne uns was zu sagen.»

Er hatte alles verstanden, der kleine Bruder.

«Erinnerst du dich an die Namen der Bullen?»

«Na klar! Mickaël Charveix und Toussaint Chamoullo … Meine Mutter, die ist schon zufrieden, daß du an uns denkst, Pulp. Aber sag ihr nicht, daß ich dir die Namen gegeben habe. Sie dreht schon durch, wenn man nur von der Sache redet.»

Gabriel kopierte Adèles Diskette in einem Computerladen

in der Rue de Lappe und schickte eine Sicherheitskopie sowie eine Fotokopie der Adressenliste an Pedro. Eine zweite Kopie schickte er postlagernd an sich selbst, unter dem Namen Alain Lombard, Rue Bréguet. Dann versteckte er das Original des Dossiers in seinem Hotelzimmer. Vielleicht war das ganze Theater überflüssig, aber wie Gérard immer sagte: Vorsicht ist die Mutter der Porzellankiste. Bevor er wieder nach Charençon fuhr, machte er auf Verdacht einige Anrufe. Er kannte eine ganze Menge Leute in «gut unterrichteten» Kreisen, außer bei der Polizei natürlich – das Milieu war für ihn tabu. Charveix und Chamoullo hatten bestimmt nicht ihre Namen geändert. Es kostete nichts, sich ein bißchen umzuhören.

PULP 18 *und die Glatzen der Fraternité*

Don Quijote erwartete ihn oben am Fahrstuhl der Metrostation, pünktlich wie eine Brautjungfer zur Hochzeitsprobe. Gabriel stieß ihn an. Mit seinem Blaumann, der Umhängetasche eines Gasmannes und der Seemannsmütze auf seinen knallgelben Haaren hatte Joël ihn nicht erkannt. Er lachte wie ein Irrer. Gabriel erklärte ihm seinen Plan. Joël fand ihn zunächst ganz witzig, aber je mehr sie sich Bartavelles näherten, um so unsicherer wurde er.

«Ich hab Schiß, Pulp.»

Gabriel stieß ihn weiter, dreißig Meter vor dem Ziel würde er doch wohl nicht aufgeben wollen.

«Denk an Alvaro, Don Quijote, weiter …»

Joël biß die Zähne zusammen und grinste. Na also.

In jeder Hand eine Plastiktüte, trottete er über die Avenue und starrte gerade vor sich hin in Richtung Park. Die Fahrerin des Twingos trat voll in die Bremsen, als der Penner mitten auf der Straße stehenblieb. Er hob den Kopf und starrte sie mit abwesender Miene an. Sie wartete einen Moment, machte ihm ein Zeichen weiterzugehen, aber er rührte sich nicht. Sie trat auf die Kupplung, legte den ersten Gang ein und fuhr an, mit einem hektischen Blick in den Rückspiegel auf den dämlichen LKW, der hinter ihr hupte wie verrückt. Sie spürte einen Stoß, bremste abrupt und würgte den Motor ab. Halb durchgedreht sprang sie aus dem Wagen. Davor lag der Typ, reglos mit ausgebreiteten Armen. Und dann dieser Idiot, der immer noch hupte.

«Ham'se Ihren Führerschein auf dem Rummel gewonnen?»

«Sehen Sie denn nicht, daß jemand verletzt ist, Sie Idiot! Und Sie sind schuld, Sie haben mich mit Ihrem Gehupe nervös gemacht, Sie ...»

Auf seinem Beobachtungsposten, in der Nähe des Eingangs von Nummer 28, fluchte Gabriel zwischen den Zähnen. Dieser Trottel! Hatte sich direkt vor den Wagen geworfen! Die Fahrerin war kurz vor einem Nervenzusammenbruch. Die Autoschlange wurde immer länger, und die Fahrer aus der Gegenrichtung fuhren langsamer, um das blutige Schauspiel besser mitzukriegen. Ein bekanntes Phänomen. Gabriel veränderte seinen Standort um neunzig Grad und dreißig Meter. Die beiden Polizisten, die Witzbolde vom Vortag, hatten sich aus ihrem R5 geschält. Der Dicke ging zum Unfallort. Eine Minute später kam er schweißgebadet zurück und beugte sich über die Autotür.

«Hast du den Rettungswagen gerufen, Marcel?»

«Wie bitte? Wie soll ich das denn machen? Mit Rauchsignalen? Dieser Scheißfunk ist im Eimer ...»

«Du brauchst deinen fetten Hintern nur bis zum Café an der Ecke zu bewegen!»

«Ach ja! Und wer bewacht die Kasbah des Scheichs, du Blödmann! Ich rühr mich nicht vom Fleck!»

«Los, hol Hilfe! Ich werd den Verkehr regeln.»

«Die Nachbarn haben doch bestimmt schon angerufen, glaubst du nicht?»

«Weißt du, wer der Verletzte ist? Dieser Durchgeknallte!»

«Soll ich mir deshalb in die Hose machen, oder was?»

«Wie viele Typen, die *Arago, Arago* rufen, kennst du denn? Los, mach hin!»

«Scheiße. Und die Hütte?»

«Da passiert doch eh nichts. Willst du, daß der Arago draufgeht?»

Der dicke Flic ging auf die Kreuzung. Bei dem Durcheinander, das dort hinten herrschte, war er bestimmt eine ganze Weile beschäftigt. Der andere war in die Rue des Coudriers gegangen, ohne sich um irgendwas anderes zu kümmern. Gabriel jubilierte. Francis' Theorie über die heiligen Kühe bestätigte sich: Die Polizisten hatten Fort Knox aufgegeben, um das Leben eines armen Teufels zu retten! Dieser Typ hatte ganz bestimmt ein Geheimnis. Er ging entschlossen zum Eingang von Nummer 28 und drückte auf die Klingel.

«Ja bitte!?»

«Stadtwerke, Zählerwartung.»

«Wie? Zählerwartung?»

«Sie haben doch bestimmt eine Gasleitung, oder?»

«Ja, schon …»

«Na dann machen Sie schon auf, ich hab noch was anderes zu tun.»

«Sehen Sie das kleine Fenster in der Eingangstür … Zeigen Sie mir bitte Ihren Ausweis, Monsieur.»

Es gab ein elektronisches Klicken, einen Meter sechzig vom Boden glitt eine Klappe auf und gab den Blick auf ein Stück Garten frei. Pulp hielt seinen Ausweis in die Öffnung. Der elektronische Portier machte das Tor auf. Kaum hatte er das Grundstück betreten, erscholl die Sirene des Rettungswagens in der Straße. Das Tor schlug hinter ihm zu. Es war höchste Zeit. Oben prangten Kameras wie im Hochsicherheitstrakt von Fleury-Mérogis. Ein Kiesweg, ein kleiner französischer Garten, ein langgezogenes Wasserbecken mit mickrigen Nymphchen. Fehlten nur noch die Gartenzwerge, dachte Gabriel, setzte für die Kamera die abgebrühte Miene eines Arbeiters auf und tippte mit dem Daumen an seine Mütze, als ob er nie etwas anderes gemacht hätte. Er kletterte die Stufen der Treppe aus nachgemachtem Marmor hinauf und stand plötzlich direkt vor einem elegant gekleideten Koloß, der die Arme vor einer Brust gekreuzt hatte, die schon eher nach Marmor aussah. Das war ein anderes Kaliber als die Schwachköpfe von der Polizei.

«Mein Gott, das ist hier ja schlimmer als bei der Bank von Frankreich!»

«Der Gaszähler ist erst vor einer Woche abgelesen worden», meinte der Typ.

«Hab ich gesagt, daß ich den Zähler ablesen will? Ich bin zur Wartung hier, Monsieur. Ihr Zähler ist über zehn Jahre alt, das gehört zum neuen Vertrauenspaket der Stadtwerke, Monsieur. Wo ist er?»

«In der Küche. Aber erst möchte ich gern noch mal Ihren Ausweis sehen.»

Gabriel zog den Ausweis mit dem Namen Luc Doutey heraus. Der Gorilla untersuchte ihn und gab ihn zurück. Mit dem gleichen Schwung zog Gabriel ein Ringheft der Stadtwerke hervor, schlug die mit einer Büroklammer markierte Seite auf und überprüfte den Namen, der auf der Karteikarte stand.

«Hören Sie, Monsieur ... Roscioll ... Wenn es Ihnen nicht paßt, gehe ich wieder weg, aber die nächste Überprüfung wird berechnet, und Sie brauchen sich nicht zu beklagen, wenn Ihnen der Boiler um die Ohren fliegt!»

«Ich bin nicht Monsieur Rosciolli, ich bin der Aufseher.»
«Das ist mir egal, mein Lieber! Aber mir kann Ihr Scheißladen ja gestohlen bleiben!»
«Oh, Sie brauchen nicht gleich grob zu werden», sagte der Gorilla und trat zur Seite. «Kommen Sie rein.»
Gabriel trat in die Eingangshalle und folgte ihm in den Salon. Rosciolli liebte offenbar großbürgerlichen Pomp, lederbezogene Türen, übertriebene Zierleisten, Wandbehänge wie aus Aubusson und Empire-Möbel, dazu ein paar Gemälde. Die Küche war geräumig, aber altmodisch, es gab sogar noch einen alten Kohleherd. Rosciolli mußte ein Abo von *Schöner Wohnen* oder so was haben. Der Gaszähler war in einer Abstellkammer. Der Gorilla öffnete die Tür und drückte auf den Lichtschalter. Als er sich vorbeugte, um eine riesige Küchenschabe zu zertreten, versetzte Pulp ihm einen kräftigen Schlag in den Nacken. Im Erziehungslager, nach dem gescheiterten Angriff auf die Fascho-Buchhandlung, hatte er zwei Dinge gelernt: eine Waffe zu benutzen und einen Typen zu neutralisieren – wenn möglich durch Überraschung. Der Gorilla brach auf den Bodenfliesen zusammen, und sogleich stürzte sich ein halbes Dutzend rachedurstiger Schaben auf die reglose Masse.
Gabriel nahm ihm Brieftasche und den Schlüsselbund ab, der an seinem Gürtel hing, außerdem eine kleine schwarze Box von der Größe einer Zigarettenschachtel. Der Typ war unbewaffnet. Dann drehte er ihn auf den Bauch und fesselte ihm die Hände mit der Nylonschnur, die er in seiner Tasche mitgebracht hatte. Das Gleiche machte er mit den Füßen, dann schnürte er das ganze Paket auf dem Rücken zusammen. Er stopfte ihm eine ausgemusterte Strumpfhose aus Cheryls Beständen in den Mund und knebelte ihn mit Heftpflaster. Dann schob er ihn in die Abstellkammer, schloß die Tür und schob den kleinen Riegel zu. Großzü-

gig ließ er das Licht an, wegen der Küchenschaben. Soweit zur Wartung. Er sah auf seine Uhr: genau sieben Minuten seit dem Klingeln. Nicht schlecht für einen Amateur, seufzte er und brach zur Erkundung des Hauses auf.

PULP 19 und die Glatzen der Fraternité

Er machte einen schnellen Gang durchs Erdgeschoß. Eine ansehnliche großbürgerliche Einrichtung. Salon, Eßzimmer, Rauchzimmer, Bibliothek. Links von der Eingangshalle die Tür, die der Aufpasser geschlossen hatte, bevor er ihn zum Zähler führte.

Er machte den passenden Schlüssel am Bund des Gorillas ausfindig und steckte ihn ins Schloß, ohne ihn umzudrehen, da er die rote Leuchtdiode bemerkt hatte, die über der Türzarge versteckt war. Eine Fotozelle. Er nahm die schwarze Schachtel und öffnete den Deckel. Eine Fernsteuerung mit einem einzigen Knopf. Ein Daumendruck, und das Lämpchen erlosch. Er drehte den Schlüssel um und stieß die Tür auf. All das mußte mit der Polizeistation oder einer Überwachungsfirma verbunden sein, er hätte sich besser vorsehen sollen. Er vergewisserte sich, daß es da drinnen kein ähnliches System gab, und ließ die Tür halb aufstehen.

Der Raum war abgedunkelt: die Kommandozentrale. Eine Schalttafel mit Knöpfen und Schiebereglern, ein Mikro, das mit der Sprechanlage an der Straße verbunden war, und sechs Videobildschirme. Alles hypermodern. Rosciolli hatte an nichts gespart. Ein Videobildschirm pro Kamera. Vier auf den Park gerichtet, zwei auf den Hof; drei feststehende, drei schwenkbare. Keine direkt auf die Straße gerichtet. Gabriel entdeckte den Videorekorder, probierte ein bißchen herum und löschte die Aufnahme, in der aufgezeichnet war, wie er in seiner Verkleidung den Schauplatz betreten hatte. All das wurde anscheinend nicht gespeichert, oder die Videokassetten befanden sich nicht in diesem Raum: Abgesehen von einem Sicherungskasten an der rechten Wand gab es keine Unterbringungsmöglichkeit. Auf der anderen Seite ein Tisch mit Fax-Telefon, Minitelgerät, Macintosh mit großem Bildschirm und Laserdrucker. Es war keine Diskette zu sehen, kein Fax, und es gab keine einzige Schublade. Gabriel schaltete den Mac ein und drückte auf das Icon für die Festplatte, aber dann wurde nach einem Paßwort gefragt. Entweder war Rosciolli völlig paranoid, oder er hatte einiges zu verbergen. Er schaltete die Kiste wieder aus. Ohne Paßwort konnte er nichts machen. Onkel Émile hatte ihm zwar beigebracht, wie er sich in vielen Situationen nur mit seinem Pimmel und einem Messer aus der Affäre ziehen konnte, aber nicht, wie man einem Computer zu Leibe rückte. Und zwar aus dem Grund, weil er seinen Geist aufgegeben hatte, bevor die Computer zum Massensport wurden. Gabriel blätterte die Papiere des Aufsehers durch. Loïc Génessier, wohnhaft Rue de Pali-Kao im 20. Arrondissement, war Mitglied in einer gaullistischen Partei und im Hundezüchterverein von Lilas. Wieder einer, der seine Sozialbauwohnung bekommen hatte, indem er Männchen machte bei Tibéri, dem Bürgermeister von Paris. Gabriel suchte seine Nummer im Minitel heraus und wählte sie an. Nach dem dritten Klingeln war eine Frauenstimme in der Leitung.

«Madame Génessier? Technischer Dienst der Telekom. Im Hinblick auf die Umstellung der Telefonnummern im nächsten Herbst wollen wir unseren Störungsdienst verbessern. Würden Sie uns dabei helfen, Madame? Für Ihre Mitarbeit bietet Ihnen die Telekom einhundert Freieinheiten ...»

«Um was geht es?»

«Sie müssen für drei Stunden den Telefonhörer neben den Apparat legen.»

«Sie wollen mir doch keinen Streich spielen, oder?»
«Wenn Sie es wünschen, können Sie mich in der Zentrale zurückrufen, Madame.»
«Nein, nein ... Hundert Einheiten, sagen Sie?»
«Die von Ihrer nächsten Rechnung abgezogen werden.»
«Gut, ich bin einverstanden.»
«Ein kleiner Test, und ich schreibe Sie in mein Check-Book ein. Ich gehe davon aus, daß Sie ab sofort mitmachen, das ist sehr wichtig.»
Gabriel legte auf und wählte die Nummer gleich noch mal. Besetzt, ausgezeichnet. Für den Fall, daß Rosciolli hier anrief, legte er den Hörer nicht auf. Er öffnete die Tasche und legte Klemmen, Zangen und Schraubenzieher auf den Schreibtisch. Dann klemmte er den Schaltkreis der Videoanlage ab, trennte einige Leitungen im Sicherungskasten durch und schaltete das System wieder ein. All das dauerte kaum fünf Minuten – einmal mehr das Know-how von Onkel Émile. Jetzt waren alle sechs Bildschirme karbonweiß. Damit würde der Gorilla eine Weile zu tun haben. Nach diesem kleinen Eingriff verließ er den Raum und schaltete mit Hilfe der kleinen Schachtel wieder die Alarmanlage ein. Dann ging er in den ersten Stock.
Das große Treppenhaus war mit Zeichnungen, Porträts und Skizzen geschmückt. In der ersten Etage vier Zimmer, zwei Bäder und das Atelier des Künstlers. Dreißig Quadratmeter, an den weißen Wänden ein Dutzend Gemälde, davon die Hälfte von Bernard Buffet – er hatte noch nie verstanden, wie ein derartig farbloser und untalentierter Maler einen solchen Ruf erlangen konnte. Der Rest, weniger gegenständlich, schwankte zwischen gehobenem Kitsch und spätpubertärer Naivität, war aber immer noch eine Nummer besser als Buffet; zumindest war es bunt. Wahrscheinlich das Geschmiere von Rosciolli. Eine große Fensterfront zeigte die Trauerweiden und Birken des Parks.

Das Bild auf der Staffelei sah er sich gar nicht erst an. Als er wieder im Erdgeschoß war, stieß er auf eine Tür, die er nicht bemerkt hatte, als er hochgegangen war, da sie zum Teil von einer riesigen Zimmerpflanze verdeckt war, die von der Decke herunterhing. Ein großes Sicherheitsschloß. Keiner der Schlüssel paßte, und er hatte keinen Dietrich dabei. Wenn Rosciolli etwas zu verbergen hatte, war es dort und sonst nirgends. Durch das Fenster des Nachbarraums, der ein bißchen über Eck lag, stellte er fest, daß dieses geheimnisvolle Zimmer noch eine Öffnung hatte. Das war es!
Ein rundes Fenster mit direktem Blick auf die Straße vor dem Vergnügungspark von Trône.
Und ein dichter roter Vorhang, der das Innere verbarg.

PULP 20 *und die Glatzen der Fraternité*

Mit der Pistole in der Hand warf er einen Blick in die Abstellkammer. Der Gorilla war wieder zu sich gekommen. Er hockte auf dem Boden und beschäftigte sich mit seinen Fesseln. Nach dem Leichenhaufen von Küchenschaben zu urteilen, der sich zu seinen Füßen erhob, hatte er sich in den zwanzig Minuten seiner Gefangenschaft nicht gelangweilt. Pulp riß das Heftpflaster ab und nahm ihm den Knebel aus dem Mund.
«Dieser Spaß wird dich teuer zu stehen kommen», keuchte Génessier.
«Wann kommt dein Chef zurück?»
«Das geht dich einen Scheißdreck an ...»
Pulp hielt dem Gorilla die Astra unter die Nase.
«Wann?»
«Erst ... in ein oder zwei Tagen.»
«Wo ist er?»
«Ich weiß nicht, ich ...»
Der Lauf der Astra knallte mit Génessiers Kinn zusammen.

«Wo?»
«In Deauville, glaub ich. Fragen Sie mich nicht, was er da macht, ich weiß nichts darüber.»
«Wie lange ist er schon weg?»
«Sonn… Äh, Samstag morgen.»
«Allein oder mit seiner Frau?»
«Er ist geschieden.»
«Wie öffnet man die Tür im Erdgeschoß?»
«Er hat den Schlüssel … Nur er!»
«Was ist in dem Zimmer?»
«Ich weiß nicht, war noch nie da drin.»
«Arbeitest du schon lange für den Maler?»
«Drei Jahre.»
«Du arbeitest hier seit drei Jahren und hast noch nie einen Fuß in dieses Zimmer gesetzt! Du willst mich wohl verarschen!»
«Ich … Ich bin nur hier, wenn er wegfährt. Das Zimmer ist mir scheißegal. Er macht doch, was er will.»
«Sag mal, kennst du das Paßwort für den Mac?»
«Ich kann mit diesen Dingern nicht umgehen. Er benutzt sie auch nie, der Chef.»
«Hm … Hast du an dem Abend die Schüsse gehört?»
«Die Schüsse von dem Mord? Nein.»
«Aber du hast in der ersten Reihe gesessen. Für einen Wächter bist du nicht besonders wachsam.»
«Ich hätte sie kaum hören können, ich war nicht da», gab der Gorilla zu.
«Ich dachte, Rosciolli ist Samstag morgen abgefahren.»
«Ja, und?»
«Und wer hat Samstag abend auf die Bude aufgepaßt?»
«Das weiß ich nicht. Ich bin erst Sonntag morgen gekommen.»
«Wenn ich richtig verstanden habe, bleibst du hier, bis dein Chef kommt, oder? Hast du etwas zu essen hier?»

Der Gorilla nickte.
«Ruft er ab und zu an, dein Chef?»
«Er meldet sich jeden Abend.»
«Und deinen Hund, den hast du nicht mit?»
«Er ... er ist letzten Monat gestorben», sagte Génessier bedrückt. «Krebs.»
«Wie heißt deine Frau?»
«Martine. Warum wollen Sie das wissen?»
Pulp griff in die Brieftasche des Aufsehers und zog das Foto einer jungen Frau heraus, die einen kleinen Hund in den Armen hielt. Ein Deutscher Schäferhund, kaum einen Monat alt.
«Was für ein niedlicher Hund! Wie heißt er?»
«Attila.»
«Wenn du die Klappe hältst, wird Attila nichts passieren.»
Dem Gorilla brach der Angstschweiß aus.
«Was haben Sie mit meinem Hund gemacht?»
«Deine Martine wäre ganz schön sauer, wenn sie wüßte, daß dir dein Köter wichtiger ist als sie. Deine Papiere behalte ich für eine Weile?»
«Wieso, wie lange denn?»
«Bis zu meinem nächsten Besuch, wird nicht lange dauern. Ich lasse die Tür auf», fügte Pulp hinzu, als er wegging. «Mach keinen Scheiß, denk an Attila.»
Als er kurz danach in aller Ruhe über die Schwelle des Hauses von Rosciolli schritt, waren die beiden Bewacher wieder auf ihrem Posten.
«War der Unfall schlimm?» fragte er und trommelte dabei mit den Fingerspitzen auf der Werkzeugkiste. «Ich hab das gesehen, als ich ankam, sah ziemlich übel aus, der Kerl.»
«Nur ein bißchen ohnmächtig», antwortete der dicke Flic, offensichtlich nicht überrascht, ihn aus dem Haus kommen zu sehen.

Pulp brach das Gespräch ab und ging in Richtung Rue des Coudriers. Dabei fiel ihm ein, daß er völlig vergessen hatte, einen Blick in den Keller zu werfen. In der Telefonzelle an der Metrostation wählte er die Nummer von Génessier. Besetzt. Die Frau hatte die Anweisungen befolgt. Je dicker man auftrug, um so einfacher war es. Der Gorilla sollte wirklich anfangen, sich in seinem Verschlag einige Gedanken zu machen. Dann hinterließ er eine Nachricht auf dem Anrufbeantworter von Adèle und ging direkt zur Rue de Pali-Kao.

PULP 21 *und die Glatzen der Fraternité*

Seitdem er mit der Legalität spielte, hatte Pulp ja schon manches Ding gedreht, aber einen Hund entführen, das war eine Premiere. Als er bei den Génessiers klingelte, sagte er sich, daß er ein bißchen zu weit ging. Aber wenn Rosciolli wirklich so in die Sache verwickelt war, wie er glaubte, mußte er alles versuchen, und das hier war ein wirksames Mittel, um den Gorilla in Schach zu halten.

Der Raub des Hündchens Attila war eine Sache von einer Minute. Mit seinem Blaumann und der Werkzeugtasche wirkte er täuschend echt. Er brauchte sich nicht vorzustellen. Martine Génessier fragte nicht einmal, wer er war.

«Haben Sie auch wirklich Ihren Telefonhörer abgehoben, Madame? Ich muß Sie noch einmal stören, aber es wird nicht lange dauern.»

Sie nickte verständnisvoll. Den kleinen Hund hielt sie im Arm. Plötzlich ertönte aus dem hinteren Teil der Wohnung Geschrei.

«Mein Kleiner kriegt gerade Zähne, Sie erlauben? Ich bin gleich wieder da.»

Martine Génessier drückte ihm Attila in die Arme und verschwand im Flur. Pulp zog die kleine Nachricht aus der

Jackentasche, die er vorbereitet hatte. *Ich nehme Attila mit. Loïc wird Ihnen alles erklären. Sie kriegen ihn in einigen Tagen wieder.* Er legte den Zettel gut sichtbar auf das Telefontischchen. Dann ging er mit dem Hund im Arm fort und schloß ganz leise die Tür. Kaum war er im Fahrstuhl, fing Attila an zu pissen. Im Taxi, das ihn zu Pedro brachte, legte er ihn vorsichtig trocken, unter dem gerührten Blick des Fahrers.

Pedro lehnte seine Einladung zum Essen ab, unter dem Vorwand, er sei zu erschöpft. Gabriel verstand, daß dies ein Abend war, an dem die Sorge um einen kleinen Hund sämtliche menschlichen Kräfte beanspruchte. Er kannte Pedro gut genug, um zu wissen, daß er so etwas niemals zugegeben hätte. Er ließ ihm Attila für einige Tage da. Im Grunde hatte er es gar nicht schlecht getroffen, dieser Hund.
Pulp aß allein im TexMex in der Rue Basfroi. Zur Zeit der Abendnachrichten machte er es sich im kleinen Salon des Hotels Cosmos gemütlich.
Der Mord an Alvaro war bereits an die zweite Stelle gerückt, nach Bosnien.
Demo am Trocadéro, Großaufnahme von Madame Pereira, im Zweiten schwachsinnige Kommentare des Dünnbrettbohrers vom Dienst über «die unglaubliche Kraft einer gebrochenen Mutter, die dennoch den Haß überwunden hat» – was wußte dieser Hanswurst davon? –, der Straßenstrich in einer düsteren Vorstadt, von der Polizei freigelassene Skins … Er betrachtete all das mit der hochmütigen Miene des mündigen Bürgers, der weiß, daß die Fernsehnachrichten eine perverse und unverschämte Inszenierung sind, der sie sich aber trotzdem ansieht, weil er die Evolution der Techniken verfolgen will, die das alleinige Ziel haben, den kleinen Mann, das Opfer, zu konditionie-

ren. Als der offizielle Brunnenvergifter, der bretonische Duce, auf dem Bildschirm erschien und seine Hirngespinste über den antifranzösischen Rassismus verbreitete, zog er sich auf sein Zimmer zurück. Pulp dachte an Théo und seine antifaschistische Solidaritätssendung. Théo hatte recht: Immer wenn in Frankreich ein rassistisches Verbrechen begangen wird, werden die ideologischen Anstifter des Mörders um ihre Meinung gebeten. Das war in etwa so, als wenn man, jedesmal wenn eine Frau brutal vergewaltigt und ermordet wurde, den letzten Serientäter aus seiner Zelle holen würde, um ihn live nach seiner Reaktion zu befragen.

Er überflog die Mitgliederliste der «Vereinigung zum Schutz von Bartavelles». Ein echtes *Who's who?* dieses Stadtteils. Das konnte sich als ganz nützlich erweisen. Ein paar vergnügten sich in den stinkreichen Vierteln rund um Saint-Maurice, etwa zwanzig wohnten außerhalb von Charençon, die meisten in Saint-Mandé, Vincennes oder Paris. Der Leibwächter von Rosciolli stand nicht auf der Liste. Pulp stellte belustigt fest, daß «Kirsche», der Bürgermeister Ceriseray, in Passy wohnte. Für einen Bürgermeister, der vorgab, seine Stadt zu lieben wie seine Ehefrau, sah das ein bißchen nach Bigamie aus. Es gab auch eine Adresse in der nördlichen Vorstadt und … verdammt nochmal, der Typ hieß *Mickaël Charveix*! Das konnte kein Namensvetter sein.

Pulp schrieb sich die Adresse auf: Rue Paul Valéry 8, 92700 Colombes. Er rief Adèle an, um ihr seine Entdeckung mitzuteilen, aber sie war nicht da. Er hinterließ eine Nachricht auf dem Anrufbeantworter, nahm die Astra, wechselte seine Ausweise aus und rannte zum Taxistand in der Rue Ledru-Rollin.

22 Pulp und die Glatzen der Fraternité

Das Taxi setzte ihn vierzig Minuten später in der Rue Paul Valéry ab, in der Nähe des Zentrums von Colombes. Das mußte einmal eine Geschäftsstraße gewesen sein, aber die guten Zeiten waren eindeutig vorbei. Der Eingang von Nummer 8 war mit Graffitis übersät, darunter in blau, weiß, rot: FUCK LE PEN. Die meisten Schilder an den Briefkästen waren abgerissen, aber die Klingeltafel mit den Namen der Bewohner war intakt. Pulp nahm den Fahrstuhl in die vierte Etage. Ein Stück Pappe mit dem Namen Charveix in Großbuchstaben war an die Tür gepinnt, direkt gegenüber vom Fahrstuhl. Hinter der Tür plärrte Techno-Musik aus dem Radio. Ein mit Ecstasy vollgeknallter Rambo, hier war er bestimmt richtig. Er klopfte dreimal, dann etwas stärker, wartete zwei, drei Minuten und wiederholte das Ganze, diesmal mit der Faust. Schließlich wurde die Tür geöffnet, und gleichzeitig bekam er eine volle Dröhnung in Ohren, Augen und Nase. Die Dezibel der hämmernden Musik, eine dicke Frau in einem Kleid mit Blumenmuster und eine umwerfende Alkoholfahne. Pulp verbeugte sich, erschüttert von dieser geballten Ladung Scheußlichkeiten.

«Madame Charveix?» stammelte er schließlich.

«Ja, was wollen Sie?»

«Sie sind wahrscheinlich ... die Mutter von Mickaël.»

«Jeder hat sein Päckchen zu tragen», sagte sie nachdenklich.

Die Dame führte Pulp nach rechts in ihr Wohnzimmer und drehte das Radio leiser. Es roch nach Weihrauch, die Beleuchtung bestand aus Kerzen, aus Dutzenden von Kerzen, die überall standen, auf der Erde, auf den Möbeln und in den Regalen. Auf einem niedrigen Tisch, die Reste eines Fast-Food-Dinners auf Papptellern.

«Das ist zwar Beklopptenmusik, aber es gibt nichts Besseres, um alte Wracks wie mich aufzupeppen. Was wollen Sie von diesem Spinner?»

Madame Charveix hatte das gesagt, ohne einmal Luft zu holen. Sie war voll wie eine Strandhaubitze, gut, aber das schien nichts Besonderes zu sein, fast ein natürlicher Zustand.

«Ich möchte mit ihm sprechen. Es handelt sich um eine etwas … schwierige Angelegenheit, Madame, und …»

«Mickaël ist auch eine schwierige Angelegenheit. Wer sind Sie?»

«Jean Moravier. Aufsichtsbehörde des Innenministeriums.»

«Schon wieder! Warum lassen Sie ihn nicht in Ruhe, diesen Trottel, er ist doch sowieso gefeuert worden!»

Pulp hatte nichts dagegen, daß Charveix nicht mehr zu dem Laden gehörte.

«Ich muß Ihnen etwas gestehen, Madame: Ich bin nicht direkt von der Aufsichtsbehörde. Ich bin eher sowas wie ein … Psychologe.»

«Wollen Sie einen Schluck trinken? Aber ich warne Sie, ich habe nur Whiskey.»

«Whiskey ist ausgezeichnet.»

Madame Charveix machte sich in der Küche zu schaffen, holte zwei Plastikbecher und eine Flasche Johnny Walker. Sie füllte die Becher halb voll.

«Wer sind Sie noch mal?»

«Ich arbeite für eine Organisation, die dem Innenministerium und den Justizbehörden untersteht. Wir machen eine Untersuchung über entlassene Polizisten, um zu … verhindern, daß solche Übergriffe in der Zukunft wieder vorkommen, und …»

«Und Sie wollen wissen, warum dieser Idiot den kleinen Algerier massakriert hat?»

«Gewissermaßen, ja. Was zu dieser Tat geführt hat.»

«Aber wozu soll das gut sein, diese Untersuchung!» rief die dicke Frau aus und machte ihrem Johnny Walker ein Ende. «Es gibt doch jede Menge von denen, von Kollegen, die nichts anderes im Kopf haben! Ich weiß Bescheid, die sind doch nur Bullen geworden, um sich ungestraft an Farbigen oder Schwarzen vergreifen zu können! Mickaël ist ein Rassist, Monsieur. RASSIST! Verstehen Sie?»

«Ich hätte gern mit ihm selbst gesprochen, Madame Charveix. Glauben Sie, daß es möglich ist …»

«Das ist möglich, wenn Sie seine Spur finden. Ich … ich weiß nicht, wo er ist, dieser Schwachkopf. Und selbst wenn er krepiert, ich will es nicht wissen, verstehen Sie! Ich-will-ihn-nicht-sehen! Wenn man so mies mit seiner Mutter umgeht, hat man es nicht verdient …»

Madame Charveix begann zu weinen. Pulp trank einen Schluck Whiskey und hielt einige lange Sekunden seine Nase in den Becher.

«Das einzige, wovon dieser Trottel träumt, ist, einen Neger kaltzumachen! Das hat er mir einmal gesagt. Und an jenem Tag hat er mir ins Gesicht geschlagen, er hat seine Mutter geschlagen, verstehen Sie … weil ich nicht seiner Meinung war. Gießen Sie mir noch was zu trinken ein, Herr Berater!»

Verdammter Mist, stieß Pulp innerlich aus.

Madame Charveix stand auf und wechselte den Sender. Statt Techno eine Talk-Sendung. Ein Typ, der sich für einen großartigen Entertainer hielt, heilte die Depressionen der Zuhörer mit Beleidigungen. Und das schlimmste war, daß die armen Irren das für lustig hielten und immer mehr Schläge von ihm haben wollten. Als die dicke Frau sich wieder setzte, begann sie erneut zu schluchzen.

«Fahren Sie fort, Monsieur.»

Pulp hätte sich am liebsten verdrückt. Er sagte nur:

«Ich muß ihn unbedingt sprechen. Wo wohnt er jetzt?»

«Aber, mein Gott, was bringt Ihnen das denn jetzt noch! Daran hätte man vorher denken sollen, bevor man ihn eingestellt hat ...»

«Madame Charveix, ich habe Ihnen nicht alles gesagt. Wir haben gute Gründe zu glauben, daß Mickaël etwas mit der kürzlichen Ermordung eines Immigranten zu tun hat. Ich muß unbedingt wissen, wo er wohnt, begreifen Sie?»

Pulp umklammerte die Astra in seiner Tasche, aber es führte zu nichts, sie zu bedrohen, außerdem hatte er auch nicht den Mut dazu. Zwischen Schluckauf und Geschluchze vernahm er folgendes:

«Er wohnt zusammen mit Skinheads in einem besetzten Haus, an der Metrostation Laumière. Ich schwöre Ihnen, die Adresse weiß ich nicht ...»

PULP 23 und die Glatzen der Fraternité

Adèle lehnte ihr Rad an die **Friedhofsmauer und** gab Gabriel mit großzügigem Lächeln einen Stapel Umschläge. Sie hatte sich seit gestern irgendwie verändert. Vielleicht waren die Wangen etwas mehr gerötet. Make-up oder die frische Morgenluft. Auch die Augen glänzten mehr.

«Die Post des Vorsitzenden, des Kassenwarts und des Sekretärs der Vereinigung. Ich habe alles zurückgehalten, was nicht persönlich war. Du kannst das alles bei Francis durchsehen, er weiß Bescheid. Genau um zehn Uhr mußt du wieder hier sein und alles zurückgeben.»

Pulp sah auf seine Uhr. Halb neun. Das war kein Problem.

«Macht dir das nicht zu viele Umstände?»

«Ich mache meine Tour rückwärts, kein Problem. Und dein Besuch in Colombes?»

«Charveix lebt mit Skins in einem besetzten Haus, in Laumière. Er war in eine Schlägerei mit einem Algerier verwikkelt, ich weiß nicht, ob er ihn umgebracht hat, aber es muß ernst gewesen sein, denn er ist aus dem Polizeidienst entlassen worden.»

«Hast du seine Mutter nicht danach gefragt?»

«Ich war offiziell für die Aufsichtsbehörde unterwegs, das wäre ein bißchen unvorsichtig gewesen ... Wie sie sagt, ist er gewalttätig und denkt an nichts anderes, als einen Schwarzen umzulegen.»

«Mit dem ist nicht zu spaßen. Paß bloß auf dich auf!»

«Mach dir um mich keine Sorgen, Adèle. Weißt du was neues von Joël?»

«Ich habe ihn eben getroffen. Nicht schlecht, die Sache mit dem Unfall! Er hat die Nacht im Krankenhaus verbracht. Er ist nur sauer, weil sie ihn angeblich mit DDT behandelt haben.»

«Wer ist Joël eigentlich genau?»

«Was meinst du damit?»

«Ich habe gestern die Polizisten beobachtet. Sie waren entsetzt von der Vorstellung, daß ihm etwas zugestoßen sein könnte. Sie haben sogar ihren Posten verlassen, um ihm zu helfen. Es ist irgendwas Besonderes mit diesem Typ, sonst wär das gar nicht möglich! Wer waren seine Eltern? Große Tiere?»

«Ich weiß nicht. Selbst Francis war bei dem Brand noch nicht da. Sobald du hier über Joël sprichst, senken alle Leute den Kopf.»

«Wie heißt er?»

«Keine Ahnung.»

«Er arbeitet für euch, und ihr wißt nicht, wie er heißt?!»

«Glaubst du etwa, er kriegt einen Gehaltszettel von uns? Gut. Ich muß weiter, ich habe jede Menge Einschreiben. Bis dann.»

Adèle schwang sich in den Sattel und bremste gleich wieder.

«Ach Mensch, Gabi, ich hab doch noch was für dich … Stört es dich, wenn ich dich Gabi nenne?»

Pulp merkte, wie er rot wurde. Verdammt, er wollte sich doch nicht in eine fünfundzwanzigjährige Postbotin verlieben. Adèle gab ihm einen Zettel.

«Das ist der Halter des 504. Aber vielleicht war die Kiste geklaut.»

Sie fuhr klingelnd davon, und erst in diesem Moment fiel ihm auf, daß sie statt der kleinen Brille Kontaktlinsen trug. Er las die Adresse, die auf eine Empfangsbestätigung für Einschreiben gekritzelt war: *Jean-Denis Curutchet, Rue Marceau 27, Ivry-sur-Seine.*

PULP 24 und die Glatzen der Fraternité

Pulp machte sich daran, in der Küche des Roussillon die Umschläge zu öffnen. Insgesamt etwa zwanzig Briefe. Das ging ziemlich schnell. Briefeöffnen mit Wasserdampf, das machte man zu Großvaters Zeiten. Die selbstklebenden Umschläge von heute gingen fast von selbst auf, und man hinterließ keine Spuren. Der Inhalt der Briefe war uninteressant. Mit einer Ausnahme, adressiert an die Sekretärin Edmée de Jonchy und aufgegeben am Vortag in Trouville. Er las ihn zweimal. Es war kaum zu glauben.

Liebste Freundin,

ich möchte Ihnen sagen, daß Sie sich keine Sorgen um mich zu machen brauchen. Nach all diesen Turbulenzen wollte ich ein wenig Abstand gewinnen. Ich werde Samstag zurückkehren. Am späten Vormittag werde ich dann unseren Freund treffen, um ihm das restliche Geld zu geben. Sie hatten recht (und ich habe niemals daran gezweifelt!): dank unserer Beharrlichkeit haben die Ereignisse uns schließlich recht gegeben. Es war höchste Zeit! Wir müs-

sen Anfang nächster Woche unbedingt eine Vorstandssitzung einberufen; was halten Sie von Montag, am späten Nachmittag, bei mir, mit einer kleinen Stärkung?
Ihr ergebener
Dino Rosciolli
Es leben die Bartavellen!

Er rief Francis und reichte ihm mit den Armen wedelnd die Botschaft.
«Was hältst du davon?»
Francis war wie vor den Kopf geschlagen.
«Donnerwetter! Das braucht man nicht zu übersetzen. Mach nebenan mal eine Kopie. Ich klebe dir die anderen wieder zu.»
Pulp ging zum Kopieren in den Zeitungsladen und nutzte die Gelegenheit, die *Libération*, *Le Parisien* und *InfoMatin* zu kaufen. Am Vortag hatte die Bereitschaftspolizei in Belleville die Immigranten mit Gummiknüppeln traktiert, Fortsetzung einer übertrieben harten Ausweiskontrolle. Angeblicher Grund: rassistische und antisemitische Beleidigungen. Und die fünfundzwanzig Volksgemeinschaften des Stadtteils hatten ihre Glaubensdifferenzen über Bord geworfen, um sich nun gemeinsam zu verteidigen. Die schwarze Serie ging weiter. Die schwarze Serie in Braun.
Pulp war wieder mal mitten drin. Mickaël Charveix, das besetzte Haus in Laumière, Curutchet, und jetzt die unheilsschwangeren Andeutungen von Rosciolli. Er war kaum zwei Tage da, und schon nahmen die Dinge eine böse Wendung. Aber es hatte Hand und Fuß, auch wenn es ein bißchen wie ein Wunder aussah. Und Wunder mochte er nicht besonders, dafür war die Kirche da. Bei Wundern war er besonders vorsichtig. Die Guten auf der einen Seite und die Bösen auf der anderen, das war ein bißchen zu einfach. Und seitdem er nach Charençon gekommen war, lief es nur noch

so. Auf einmal dachte er an Yanissa, von der niemand sagen konnte, ob sie noch am Leben war oder nicht, und plötzlich kam ihm alles andere nicht mehr so wichtig vor.
Er rief Cheryl an. Sie hatte gerade eine Kundin gehabt, die aussah wie Michelle Pfeiffer, und sie stand immer noch unter Schock. Cendrine hatte zwei Nachrichten hinterlassen. Sie machte sich Sorgen. Pulp rief sie an und erzählte ihr von dem besetzten Haus. Er brauche Hilfe, um es zu lokalisieren, ob sie ihm Unterstützung besorgen könne. Hing das mit Yanissa zusammen? Vielleicht. Er hütete sich davor, ihr zu sagen, wen er dort aufspüren wollte. Es lohnte sich nicht, falsche Hoffnungen zu erwecken. Und außerdem wäre sie imstande, auf den Skinhaufen loszugehen, und das könnte ausarten. Sie würde ihn um 19 Uhr an der Metrostation Laumière treffen und Leute mitbringen. Yanissa fehlte ihr schrecklich, sie hatte die ganze Nacht geweint. Pulp kürzte das Gespräch ab. Es war halb zehn und er mußte Adèle treffen.

PULP 25 *und die Glatzen der Fraternité*

Hinter der Seine, der Autobahn und **den Eisenbahnschienen** lag Ivry-sur-Seine. Das rote Ivry. Ganz nah und doch so fern. Dazwischen eine Brücke, die als einzige in ganz Frankreich zwei verschiedene Namen hatte, je nachdem ob man sich im rechten oder im linken Lager befand. Brücke von Charençon für die einen, Nelson-Mandela-Brücke für die anderen. Clochemerle gegen den Rest der Welt. Es waren schon Kriege wegen weniger ausgebrochen. Unglaublich.
Rue Marceau 27.
Pulp war mit dem Bus rübergefahren. Zuvor hatte er Don Quijote getroffen, der immer noch stinksauer über seine «DDT-Behandlung» war, aber auch völlig begeistert über den Streich, den sie den Bullen gespielt hatten. Und noch

davor die fröhliche Adèle, die auf ihrem kleinen Fahrrad radelte, mit ihrem hübschen runden Hintern in der Jeans und …

Rue Marceau 27.

Ein Flachbau in einem Hinterhof, mit zwei, drei Autowracks aus den siebziger Jahren, alten Reifen, Kupferrohren und allem möglichen Schrott. Der 504 war auf der Straße geparkt. Es stank nach Schmieröl, Talg und Teer. Das scheußliche Durcheinander wurde hauptsächlich durch die Trägheit des alten Dackels ausgeglichen, der sich auf der Außentreppe breitmachte. Pulp bewegte sich auf Zehenspitzen vorwärts, die Hand um die Astra in der Jackentasche geklammert. Diese Sandsäcke, die wie bei einer belagerten Festung neben dem Haus aufgestapelt waren – und das bei dem Typen, der versucht hatte, ihn überzumangeln –, das ließ nichts Gutes ahnen. Er hockte sich hinter die Karosserie eines völlig verrosteten Simca 1000. Schon zischte die erste Kugel an seinen Ohren vorbei. Er hatte den Luftzug an seiner Seemannsmütze gespürt; das war verdammt knapp.

«Ha, ha, ha! Macht sich in die Hosen, der Kameltreiber!»

Die Stimme überschlug sich. Scheiße, der war ja völlig übergeschnappt! Die zweite Kugel kam kurz danach, aber diesmal war er im Schutz des Kühlers. Er hörte das typische Klacken eines Gewehrschlosses und begriff, daß der Typ ihn mit einer zweischüssigen Kanone bestrich. Besser als mit einer 22er Long Rifle.

Er drehte sich um. Bis zur Straße waren mehrere Meter offenes Gelände. Woher sollte man wissen, ob dieser Irre ihn abknallen oder sich nur ein bißchen amüsieren wollte? Zu gefährlich. Er hob zwei Knüppel vom Boden auf, steckte seine Mütze auf dieses improvisierte Stativ und schob das Ganze vorsichtig hinter der Haube hoch. Genauso trocken, ein dritter Schuß. Die Kugel hatte den Schirm der Mütze durchlöchert, es handelte sich tatsächlich nicht um Knallerbsen. Der Kerl machte keinen Spaß. Pulp stieß einen Schmerzensschrei aus, nicht zu laut, aber laut genug, um echt zu klingen.

«Juhu! Voll in die Fresse, dem Kameltreiber!»

Ein viertes Geschoß verschied in der Karosserie. Erneutes Klacken. Der Typ hatte nachgeladen. Die Stimme kam näher. Er kam von vorn. Pulp kroch zur Rückseite des Simca, die Astra fest in der Hand. Er spürte ein Ziehen im Unterleib, ein böses Stechen, das ihn an die Schinderei im Jugendstraflager erinnerte. Er schlich um das Wrack herum und sah in vier Meter Entfernung die Füße des Schützen. Der Typ brüllte wieder los:

«Bist wohl scharf auf mein Kupfer, du kleine Schwuchtel!»

Völlig von der Rolle. Gefährlich.

Pulp nahm einen Kieselstein und warf ihn unter die Vorderachse. Der Typ schoß zweimal, ein Scheinwerfer zersprang in tausend Stücke.

«Schwuli, duli, duli! Muß den kleinen Schwanz einziehen ... haha!»

Gut. Jetzt langte es.

Pulp verließ sein Versteck, die Waffe in der Faust. Er sprang auf den Irren zu, der damit beschäftigt war, die Patronenhülsen auszuwerfen. Das Gewehr hatte ein Bajonett.

«Laß deine Waffe fallen, du Idiot!» schrie er. «Los, mach keine Dummheiten!»

Der Typ trug einen Tarnanzug und hatte einen Patronengürtel um die Hüften geschnallt. Er war weit über sechzig und hatte sein Leben nicht damit verbracht, Pfefferminztee zu trinken. Er sah Pulp an, seine roten Augen flatterten. Mit seinem geöffneten Gewehr legte er auf ihn an, er zitterte nicht. Er rief: «Peng-Peng ...», stieß einen irren Schrei aus und stürzte sich mit dem Bajonett auf ihn. Pulp verla-

gerte sein Gewicht und versetzte ihm einen starken Tritt zwischen die Beine, der ihn zu Boden warf. Immer noch mit der Waffe in der Hand richtete er sich auf seinen Knien auf und stieß einen Kriegsschrei aus. Pulp hielt ihm die Astra an den Kopf. Da streckte er ihm die Waffe entgegen und murmelte:
«Peng, peng. Penp, peng, du Drecksau!»
Pulp riß ihm das Gewehr aus den Händen.
«Bist du das Arschloch Jean-Denis Curutchet?»
«Verpißt euch, ihr Aasgeier von Gaullisten! Es lebe die OAS und ihre Führer: Es lebe Chanal! Es lebe Salan! Es lebe Le Pen!»
Pulp warf den Schießprügel durch das Heckfenster eines R8 Gordini. Auf der Tür stand OAS, mit dem Emblem von *Ordre Nouveau* mitten im O. Er steckte die Astra weg und nahm die Beine unter den Arm. Der Dackel auf der Treppe hatte sich nicht gerührt. Die Nachbarn mußten an die Ballerei gewöhnt sein, aber eine Polizeistreife hätte schon genügt. So geladen, wie er war, könnte eine Begegnung mit den Bullen leicht nach hinten losgehen.

PULP 26 und die Glatzen der Fraternité

Pulp gönnte sich ein Bier in einer Bar in Ivry, unweit der Metro. Ein Mackeson, begleitet von seinem Zwillingsbruder und einem Croque-Monsieur. Aufregung macht hungrig. Immerhin hatte er sich nicht abschlachten lassen, und all das für nichts. Aber zumindest hatte er sich Gewißheit verschafft: Curutchet war viel zu abgedreht. Selbst Le Pen hätte ihn nicht in seine Sturmtruppen aufgenommen. Andererseits hatte ihn dieser Ausflug auf eine Idee gebracht. Er mußte mit Adèle darüber sprechen. In Gedanken versunken, hörte er, wie ein Typ an der Bar nach dem Kellner rief:
«Ober!»

«*Schon da!*» antwortete dieser ohne zu zögern.

«*Ein Glas Anjou.*»

«*Ich fliege!*»

Pulp klatschte Beifall und sprach in den Raum:

«*Schwarzes Blut!* Wirklich nicht schlecht!»

Der Kellner und der Gast starrten ihn an, als ob er sich gerade in eine perverse Lolita verwandelt hätte.

Verflixt noch mal, dachte er, als er sich wieder in sein Bier vertiefte, die beiden mußten das seit Jahren jeden Tag, den Gott geschaffen hatte, wiederholen, ohne zu wissen, daß es von Guilloux war. Die mündliche Überlieferung war doch großartig! Das freute ihn für Cripure. Dann kam er wieder auf den Teppich. Cripure war ja ganz okay, aber Yanissa war ja auch noch da. Und sie, sie konnte noch gerettet werden.

Er machte einige Anrufe aus einer Telefonzelle.

Adèle war erleichtert zu hören, daß der 504 einem durchgedrehten Verkehrsrowdy gehörte. Seine Idee, sein «Virus», wie sie sagte, begeisterte sie regelrecht. Sie hatte sogar einen genialen Plan, wie man die Sache umsetzen konnte. Adèle gefiel ihm immer besser.

Dann Génessier bei Rosciolli, um ihm zu sagen, daß er sich in acht nehmen solle. Der Gorilla beteuerte, er habe weder den Bullen noch Rosciolli etwas gesagt, als der ihn angerufen hatte. Er würde durchhalten, beim Leben Attilas! Pulp ermutigte ihn. Weiter so, das war der richtige Weg.

Schließlich Cheryl. Er solle seine Kontaktperson beim *Parisien* anrufen, was er augenblicklich tat. Das Info paßte genau ins Bild: Mickaël Charveix war der Bulle, der Abelhamid Boutelka verprügelt hatte, einen französischen Bürger algerischer Abstammung, der vorläufig festgenommen worden war, und zwar im Kommissariat von Strappes (Yvelines), in der Nacht vom 17. auf den 18. September 1994. Boutelka war drei Tage später an den Folgen seiner Verletzungen gestorben, an einer Gehirnembolie. Charveix war noch am selben Tag vom Innenminister suspendiert worden. Im Bericht der Aufsichtsbehörde hieß es: «Ein unerklärlicher Wutausbruch, unter Einfluß von Alkohol.» Charveix war von der Staatsanwaltschaft verhört und vorläufig freigelassen worden, stand allerdings unter Überwachung der Justizbehörden. Die Verhandlung sollte im Juni stattfinden. Der Zwischenfall in Charençon wurde nicht erwähnt.

Pulp stieg an der Station Pierre Curie in die Metro. Es war noch Zeit bis zum Treffen mit Cendrine. Er ging zu einem Computerladen in der Rue de Lappe und arbeitete an einem Macintosh an seinem «Virusprojekt». Ein fünfzehnzeiliger Brief. Er nahm eine gängige Schriftart, eine Courier. Wenn die Sache schiefging, konnte nichts passieren. Eine Stunde später, Scanner-Magie, hatte er einen Laserausdruck des Briefes mit dem Logo der «Vereinigung zum Schutz von Bartavelles» und der Unterschrift von Rosciolli. Er druckte die Adressen auf Aufklebern aus, machte zweihundertzwanzig Kopien und tütete alles ein, ohne auf grünes Licht von Adèle zu warten.

Cendrine kam genau um neunzehn Uhr **in Laumière** an. Pulp war schon etwas eher da. Sie hatte dunkle Ringe unter den Augen, war aber guten Mutes. In ihrem Blick lag alles, nur keine Kapitulation. Er war darauf gefaßt, mit Fragen über die Hausbesetzer bombardiert zu werden, aber sie sagte keinen Mucks. Er hatte den Eindruck, daß sie bereits verstanden hatte. Drei Mädchen und drei Jungen begleiteten sie. Darunter Abel, ihr Freund von «Recht auf Wohnung»: ein Typ mit einem blauen Polohemd, einer kleinen Plastikmappe und im

Nacken zusammengebundenem Haar, der, man höre und staune, bestens mit den Vorkämpfern des sozialen Gewissens bekannt war. Vornehmlich mit Abbé Pierre, Gaillot, Higelin und Professor Jacquard.

«Und auch mit Brigitte Bardot?» warf Pulp ein, dem diese Besserwisserei ziemlich auf den Wecker ging. Cendrine warf ihm einen beschwichtigenden Blick zu, um ihm zu signalisieren: Warte nur ab, du wirst schon sehen.

Und er sah. Abel stürzte sich in einen Vortrag über das 19. Arrondissement, das von den Baulöwen am meisten verwüstet worden war. Eine nach der anderen waren die letzten Inseln des alten Villette abrasiert worden, um die Taschen der Finanzhaie und Baulöwen der Großen Chiraquie zu füllen. Daher gab es nicht mehr viele besetzte Häuser. Aber es gab auch nur wenige Metrostationen, und das Einzugsgebiet der Station Laumière war ziemlich groß. Abel hatte in seiner Mappe eine detaillierte Liste der leerstehenden Wohnungen und der Wohnhäuser, die zum Abbruch vorgesehen waren. Also aller möglichen Objekte für Hausbesetzungen. Sein Organisationstalent war verblüffend. Er hatte Fotokopien gemacht, Sektoren eingekreist, Rundwege vorbereitet und die Dauer der einzelnen Touren berechnet. Wie in der Pionierschule in der Rue du Dragon. Sie beschlossen, jeweils zu zweit oder zu dritt loszuziehen und sich um zehn an der Metrostation Ourcq wiederzutreffen. Nach halb zehn würde es sicherlich Ärger geben, wenn sie an den Türen klingelten. Pulp übernahm mit Cendrine und Valentine, einer kleinen Blondine, die zum Film wollte, die Seite Buttes-Chaumont.

Um zehn Uhr keinerlei Ergebnis. Es gab Hausbesetzer, aber mehr aus der Musikerszene. Sie beschlossen, am nächsten Tag weiterzumachen.

Pulp begleitete Cendrine in der Metro. Als sie vor ihrer Haustür angekommen waren, bestürmte sie ihn mit Fra-

gen. Wen er denn in diesem verdammten besetzten Haus finden wolle? Er leistete keinen Widerstand mehr, sie war so schon unglücklich genug.
«Mickaël Charveix. Einen der beiden Bullen von der Polizeiwache. Der Weiße. Er war Bulle und treibt sich jetzt bei den Skins rum.»
Cendrine konnte es kaum fassen.
«Wie zum Teufel hast du das rausgekriegt, Gabriel?»
«Ein anderes Mal, Cendrine. Ich bin jetzt zu kaputt ...»
«Aber er ist doch nicht der Typ, der Alva umgelegt hat!»
«Tja, da bin ich mir nicht so sicher ... Aber weißt du, Cendrine, so viele Skins gibt es auch wieder nicht, und ich hab so ein Gefühl, daß dieser Typ uns zu Alvaros Mörder führen kann. Und zu Yanissa ... Ich kann morgen früh nicht mit euch kommen. Ruf mich unter dieser Nummer an, wenn es was Neues gibt.»
Er gab ihr eine Karte vom Roussillon.
«Hast du deine Friseuse verlassen?» fragte Cendrine gähnend.
«Nein, ich bin Feinschmecker geworden. Hau dich gleich in die Falle, du bist ja völlig hinüber.»

PULP 28 *und die Glatzen der Fraternité*

Pulp gab Adèle eine Kopie vom Virus-Brief und den Beutel mit den frankierten Umschlägen. Im Gegenzug bekam er die konfiszierten Briefe dieses Morgens. Sie las den «Virus» und flippte vor Begeisterung fast aus.
«Genial, genial, genial! Gut, daß wir Francis nichts gesagt haben, er hätte bestimmt was dagegen gehabt. Er ist ein bißchen ängstlich, wenn es zur Sache geht.»
Ihr genialer Plan für die Auslieferung war ihr Kumpel José, der im Postamt Charonne vor Langeweile einging, nach-

dem er zwanzig Jahre lang auf allen Schienen Frankreichs den «reitenden Postboten» gespielt hatte. Er hatte von seinen Reisen eine Sammlung von Poststempeln mitgebracht, und er konnte dafür sorgen, daß die Briefe so aussahen, als ob sie in irgendeinem Provinzkaff abgestempelt worden wären, ohne seinen Hintern aus dem 11. Arrondissement wegzubewegen. Kein Problem.
Adèle steckte den Beutel in die Fahrradtasche und setzte ihre Runde fort. Pulp sagte sich, daß er José, der sicherlich Spanier war, unbedingt mit Pedro bekannt machen mußte, zwei begnadete Fälscher ...

Die Briefausbeute des Tages brachte keine neuen Erkenntnisse. Klar, dachte Gabriel, heutzutage wurden alle wichtigen Sachen per Fax oder Telefon übermittelt. Der Brief von Rosciolli, den sie abgefangen hatten, war ein absoluter Glücksfall. Am Tag zuvor hatte Adèle ihre erste Tour nach dem Mord genutzt, um sich in der Nachbarschaft umzuhören, insbesondere bei Edmée de Jonchy. Aber die Dame hatte eine starke Grippe vorgetäuscht, um sich zu drücken. Das Thema war tabu. Stumm wie die Fische, die Einwohner von Bartavelles. Aber unter der Hand wurde darüber geklatscht. Vor allem die alten Knacker machten die eine oder andere Andeutung, wie etwa: «Wir haben schon immer gesagt, das wird böse enden. Das mußte ja so kommen!»
«Siehst du», meinte Pulp, «das ist Wasser auf ihre Mühlen. Es fehlt nicht mehr viel, und sie fordern ein Verbot des Karibischen Karnevals im Juli.»
«Das glaube ich nicht. Sie wagen es nicht, ein rassistisches Verbrechen für ihre Zwecke zu nutzen. Vergiß nicht, Madame Edmée de Jonchy ist schließlich eine glühende Anhängerin des Katholizismus.»
«Fundamentalistisch oder eher kritisch?»

«Da sollte man lieber nicht so genau nachfragen, mein Lieber.»
Pulp kam sich plötzlich ein bißchen komisch vor. «Mein Lieber», sie hatte ihn «mein Lieber» genannt! Er hörte auf, mit seinen langen Armen in der Gegend herumzufuchteln.
«Nun gut, man kann alles mögliche vermuten. Alvaros Tod hätte sie wahrscheinlich interessiert, wenn er abgetrieben worden wäre, aber so …»
«Du bist ekelhaft, wenn du so sprichst!»
«Wach endlich auf, Adèle! Da gibt es bestimmt welche, die mit Champagner angestoßen haben … Armer Alvaro! Ich fürchte beinahe, daß er ein Opfer seiner Verwandtschaft mit Yanissa geworden ist … Und natürlich seiner Hautfarbe.»
«Was willst du damit sagen?»
«Daß ich gern Charveix in die Finger bekommen würde. Der Typ gehört nicht zu ihrem Milieu, ist aber trotzdem Mitglied ihrer Vereinigung. Das finde ich seltsam.»
«Du übertreibst ein wenig. Im Grunde sind das Leute, die die Nase voll von dem Lärm haben, und keine Fundamentalisten. Vielleicht ist er dabei, weil er mal in diesem Viertel gewohnt hat.»
«Aber trotzdem, diese ganze Geschichte mit Rosciolli, die Wachtposten vor seiner Villa, all das stinkt doch zum Himmel. Francis hält das zwar für ein Ablenkungsmanöver, das von was anderem ablenken soll, aber ich glaube das nicht.»
«Ich mag Francis sehr gern, aber wenn er zu denken anfängt, kommt er aus dem Takt», frotzelte Adèle.
«Da hast du recht. Das Ablenkungsmanöver ist tatsächlich der Kern der Sache! Da tun sich alle zusammen, die in dieser Stadt das Sagen haben.»
«Und wenn Rosciolli einfach nur Schiß hat wegen der Lage

seiner Villa? Wenn er sich nur deswegen verbarrikadiert? Du glaubst doch nicht, daß der alte Knacker ein Heckenschütze ist!»

«Ich weiß es nicht, ich kenne ihn nicht.»

«Der Typ ist doch ein Schlappschwanz! Und dann seine Bilder! Als hätte sie eine brave Hausfrau gemalt!»

«Trotzdem, dieses verschlossene Zimmer, passend zu den Schüssen, da würde ich gern mal einen Blick reinwerfen.»

«Du bist genau wie Théo. Ihr beide seht überall das Böse.»

«He, Postbotin! Du stehst auf meiner Seite, oder nicht?»

«Und dann auch noch sauer! *Genau* wie Théo!»

Pulp bestrafte sie mit einem flüchtigen Kuß auf die Wange, dann hörte er nur noch das hektische Geklingel des Fahrrads. Adèle war davongeschossen wie eine Rakete.

PULP 29
und die Glatzen der Fraternité

Es war gerade erst Mittag, und die Sonne, die seit mehreren Monaten die Nerven strapaziert hatte, schien sich entschieden zu haben. Die Mädchen hatten die leichten Röcke und die Bodys rausgeholt, die jungen Männer zeigten Bermudashorts und nackte Waden, die Hunde ließen ellenlange Zungen hängen. Und Adèle, die auf ihrem kleinen Rad davonradelte, mit bloßen Brüsten unter der leichten Bluse und den Haaren im Wind, hatte sich ihren blauen Anorak mit dem gelben Saum um die Hüften gebunden. Ja, es war wirklich Sommer. Pulp blieb einen Moment stehen, lauschte auf den Höllenlärm, der vom Rummelplatz herüberdrang. Als er sich anschickte, die Avenue des Bartavelles zu überqueren, fühlte er sich plötzlich bedrückt. Das war einfach nicht richtig, diese Unbeschwertheit. Nicht richtig wegen Yanissa. Er hatte das Gefühl, Yanissa ein wenig vergessen zu haben. Mit Alvaro war das anders, die Kerzen waren immer noch da. Seine Freunde hatten gesagt: Solange die Polizei den Mörder nicht gefaßt hat, kommen wir wieder, wir werden uns Tag und Nacht abwechseln und die Flammen in Gang halten. Sie waren zahlreich genug dazu. Alvaro, ein Schweinehund hatte ihn getötet, gut, aber er lebte in den Herzen weiter, während Yanissa irgendwo in der Stadt oder sonstwo umherirrte, in einer unbekannten Gegend. Ihr Herzklopfen war nicht mehr zu hören. Sie war in Gefahr. Pulp wußte, daß sie nicht tot war, diese Gewißheit hatte seine Schritte in den letzten drei Tagen geleitet. Aber dann war sie plötzlich *verschwunden*. Und das war sein Fehler. Ein Mangel an Konzentration. Vor der Rosciolli-Villa hatte eine neue Mannschaft Wache bezogen. Vielleicht deshalb dieser Konzentrationsmangel. Diese Fixierung auf Rosciolli. Vielleicht hatte Adèle doch recht. Dieser Typ hatte sein eigenes Museum, war ein lebendes Monument, eine städtische Institution, und um Institutionen mußte man sich kümmern ... Er verzettelte sich mit dem Maler. Yanissa war am Leben, er würde sie finden. Die wiederkehrende Euphorie trieb ihn bis zum Roussillion und fiel in sich zusammen, sobald er die Schwelle überschritten hatte. Was für ein Auf und Ab. Cendrine hatte um zehn, um elf und um zwölf angerufen. Immer ohne Ergebnis. Sie hatte Yanissa nicht gefunden.

Das Restaurant war gerammelt voll. Slowakische Touristen, die ihre ersten Gehversuche im Westen machten. Francis hatte zusätzliche Tische auf die Terrasse gestellt. Das konnte die Konkurrenz in La Chantreille nicht bieten. Er war im siebten Himmel, das Geschäft kam wieder in Schwung. Pulp aß, ohne zu merken, was er auf dem Teller hatte. Um zwanzig nach eins rief Cendrine wieder an.

«Gabriel … Abel hat ein besetztes Haus in der Rue d'Hautpoul gefunden. Ein regelrechtes Skin-Nest.»
«Welche Hausnummer?»
«24. Ganz unten, Metro Botzaris.»
«Rührt euch nicht vom Fleck, ich komme sofort», sagte Pulp.
«Francis, hast du ein Auto?»
«Mein C 15 steht vor der Tür, kannst ihn haben, ich brauche ihn nicht.»

Pulp war in Paris lange nicht mehr Auto gefahren, er mochte das nicht. Vor allem wenn es so heiß war. «Die Luftverschmutzung in der Hauptstadt hat einen alarmierenden Höhepunkt erreicht», wie es im *Parisien* hieß. Er machte sich Vorwürfe, daß er diesen kollektiven Schwachsinn mitmachte, aber falls Abel die richtige Nummer gezogen hatte, mußte man auf alles vorbereitet sein. Und er konnte sich schlecht vorstellen, den Skin in der Metro abzuführen. Er fuhr über den Daumesnil-Platz und machte einen kleinen Umweg über Ledru-Rollin. Es war an der Zeit, seine Notausrüstung aus dem Cosmos-Hotel zu holen. Vom Léon-Blum-Platz aus durchquerte er das 11. Arrondissement auf Nebenstraßen, in denen sich die asiatischen Importfirmen noch nicht so gnadenlos breitmachten. Bei dieser Hitze wirkte Bellevue fast wie Tanger. Die Auseinandersetzungen am Dienstag hatten Spuren auf den Gesichtern hinterlassen. Vierzig Minuten später kam er vor dem besetzten Haus an.
Cendrine, Abel und die ganze Bande warteten auf ihn. Die Rue d'Hautpoul hatte eine neunzigprozentige Betonbehandlung bekommen. Die meisten älteren Gebäude lagen am Ende der Straße. Die Nummer 24, an der Einmündung der Rue Compans, war ein zweistöckiges Gemäuer mit einem Durchgang, der in einen gepflasterten Hof führte.

Pulp fand einen Parkplatz auf der anderen Straßenseite. Hinten im Hof ein Gebäude mit einer großen Glastür. Eine alte Tischlerei. Abel und Valentine hatten sie zufällig entdeckt, als sie sahen, wie ein grölender Haufen Skins auf die Straße trat. Abel hatte bei den Nachbarn herausbekommen, daß das Haus nicht besetzt, sondern ganz legal gemietet war. Der Tischler, ein Rentner, hatte seine Werkstatt in ein Loft verwandelt und es an einen Typen vermietet, der woanders wohnte. Laut Briefkasten hieß der Mieter Épaulard. Ob die Skins Untermieter waren oder nicht, ihre Anwesenheit war ihm jedenfalls bekannt.
«Kannst du rauskriegen, wer der Typ ist?» fragte Gabriel.
«Kein Problem», sagte Abel, «bei *Recht auf Wohnung* machen wir so was andauernd.»
«Du verblüffst mich, Abel. Entschuldige wegen gestern. Ich war ein bißchen … schroff.»
«Kein Problem, Mann.»
Abel schlug in Pulps ausgestreckte Hand, unter dem gerührten Blick Cendrines.
«Was sollen wir machen?» fragte Valentine. «Weitersuchen oder was?»
«Das wäre vielleicht nicht schlecht», meinte Pulp. «Ich leg mich hier auf die Lauer.»
«Ich bleibe bei dir», entschied Cendrine.
Pulp war nicht besonders begeistert darüber, aber sie schnitt ihm das Wort ab:
«Wie willst du Charveix erkennen, falls er sich überhaupt zeigt? Ich hab das Schwein nicht vergessen. Mach dir keine Sorgen, ich werde ihn selbst mit rasiertem Schädel wiedererkennen.»

Sie setzten sich in den Lieferwagen, aber die Hitze war unerträglich. Pulp steckte die magischen Dinge aus seinem Zauberkasten in die Jackentaschen. Mit der Astra konnte man die Ereignisse ruhig auf sich zukommen lassen. Dann zogen sie sich auf eine Bank zurück, die etwas weiter weg stand.

Cendrine hatte seit gestern wieder etwas Farbe bekommen. Sie hatte ihren Minirock gegen eine verwaschene Jeans ausgetauscht, und Pulp merkte an diesem Detail, daß die kleine Sharon Stone im Falle von Handgreiflichkeiten kein Double brauchte. Die erste Stunde verlief ziemlich angespannt. Die zweite etwas weniger. Cendrine holte ein paar Dosen Pelforth vom Bistro an der Ecke, und als sie zurückkehrte, erzählte sie aus ihrem Leben. Sie gab sich schreckliche Mühe zu erklären, wie sie sich mit Yanissa angefreundet hatte, aber ihre Leben waren so eng miteinander verbunden, daß sie bald nur noch einem Faden folgen mußte. Sie hatten sich in der Gemeindeschule in der Rue de Charençon kennengelernt und waren seitdem unzertrennlich. Damals lebte Yanissas Vater noch. Nach dem Tod des Vaters hatte Yanissas Mutter, die arbeitslos war, in Paris eine Sozialbauwohnung beantragt, aber da sie weder ein Mitglied der Intelligentsia noch der etablierten Parteien oder der Universität war, mußten sie sich in der Vorstadt, in Charençon, niederlassen. Cendrine war in Paris geblieben, aber ihre Freundschaft hielt. Sie hatten alles geteilt, die Ferien, die ersten Joints, die Hausaufgaben, Zeiten der Niedergeschlagenheit und sogar die ersten Freunde. Und als Yanissa das Gymnasium verlassen wollte, im April 94, nach der grauenhaften Nacht auf der Polizeiwache von Charençon, hatte sie sie bekniet weiterzumachen und gedroht, daß auch sie alles hinschmeißen würde, wenn sie abgehen würde. Sie hatte geglaubt, Yanissa würde durchhalten. Aber …

Um halb fünf tauchte Abel auf. Der Mieter, ein gewisser Jérôme Épaulard, sechsundvierzig Jahre alt, war ein ehemaliger Söldner. Er leitete ein Sicherheitsbüro in der Rue de Londres. Man sah ihn selten in dem Loft. Die Skins waren zu sechst oder siebt. Die Geschäftsleute in der Umgebung sahen mit Entsetzen, wie diese gefährlichen Schwachköpfe in ihren Läden aus- und eingingen. Ihre Spitznamen waren bezeichnend: Hammer, Rudolf Haß, der Schwarze Tod, Radovan 88 oder Cap'tain Arkan. Die Bande hatte auch eine Muse, eine Exhibitionistin, die auf den Namen Vulva Braun hörte und den Passanten ihre nackten Brüste zeigte, wenn es sie überkam.

Um fünf – Abel war kurz zuvor gegangen – kehrten drei Skins in ihr Nest zurück. Zehn Minuten später kamen sie mit Bierdosen bewaffnet wieder heraus und ließen sich ein Stück weiter nieder, fast auf ihrer Höhe. Sie fingen an, sich zu betrinken. Eine halbe Stunde verging in drückendem Schweigen. Cendrine warf verstohlene Blicke zu ihnen hinüber und hatte große Angst, ihre Aufmerksamkeit zu erregen. Pulp hing entspannt auf der Bank, für ihn waren solche Übungen nichts Neues. Nach einer Weile stellte Cendrine sich auf die Zehenspitzen, beugte sich zu ihm hinüber und flüsterte ihm etwas ins Ohr. Sie roch nach einem seltsamen Parfüm.

«Charveix ist nicht dabei. Da bin ich ganz sicher.»

«Was ist das für ein Parfüm?» antwortete Pulp.

«Maulbeere … He! Hast du gehört, was ich gesagt habe?»

«Er hat gehört, er ist nicht taub», sagte eine Stimme hinter ihnen.

Cendrine stieß einen Schrei aus und machte einen Satz nach vorn. Sie drehte sich um.

Der Ritter von der traurigen Gestalt! Ohne seine Plastiktüten, mit einem Soldatenmantel aus dem Ersten Weltkrieg um die Schultern.

«Sie hat Angst, die Kleine, Arago ... Don Quijote ist immer zur Stelle, wenn er gebraucht wird, Pulp», setzte Joël vergnügt hinzu.

«Wo kommst du denn her? Du hast wohl im Lotto gewonnen!»

«Francis hat mir gesagt, daß du hier bist. Du hast mich gesucht?»

«Du bist es, der mich gesucht hat, oder! Jetzt ist nicht der richtige Moment, mir auf den Wecker zu gehen, Alter.»

«Joël, er hat gute Neuigkeiten ...»

«Hör mal,wenn du was zu sagen hast, sag es, und zwar sofort, *oder verpiß dich!* Verdammt noch mal, ich hab langsam die Schnauze voll von deinen verrückten Geheimnissen!»

Gabriel war laut geworden. Eine Passantin, die aussah, als ob sie das Mitleid erfunden hätte, trat mit entrüsteter Miene auf ihn zu.

«Schämen Sie sich nicht, diesen ... diesen unglücklichen Menschen so anzuschreien ...»

Sie hätte fast gesagt «dieses Geschöpf Gottes».

«Hör mal, Mutter Teresa, du gehst mir auf den Geist! Dieser unglückliche Mensch hier ist mein Kumpel, und er möchte bestimmt nicht mit dir tauschen ...»

«Das freut mich, daß du das gesagt hast, Pulp ...»

Die Passantin nahm Reißaus, ohne noch Weiteres abzuwarten. Sie ging über die Straße und lief direkt den Skins in die Arme.

«Geheimnisse hab ich ’ne ganze Menge. Soll Joël dir mal ein Geheimnis über die Krake erzählen?»

Pulp hatte sich beruhigt. Die spitzen Entsetzensschreie der Passantin drüben bei den Skins hatten ihn aufgeheitert.

«Hau bloß ab, Alter.»

«Ein Geheimnis über ... mal sehen ... Rosciolli?»

«Ah! Das wär schon besser!»

Don Quijote kratzte sich heftig am Kopf.
«Er hat seine Bilder nicht selbst gemalt.»
«Du machst Witze!»
«Sie sind nicht von ihm, ich schwöre es dir. Er signiert, aber er malt nicht. Schon seit vierzig Jahren.»
Pulp machte große Augen.
«Ich glaub, ich spinne! Dieser Typ hat bereits zu Lebzeiten sein eigenes Museum, und *er hat kein einziges Bild gemalt* … Ein solcher Schwindel ist doch nicht möglich.»
«Achtung, er weiß schon wie man einen Pinsel hält.»
«Aber wer hat sie dann gemalt?»
«Seine Mätresse. Und weißt du, warum er dies Museum hat?»
«Weil er mit dem Bürgermeister schläft?» höhnte Pulp.
«Nein, aber mit seiner Frau. Seine Mätresse ist nämlich Angèle Ceriseray.»
«NEEEEIN!»
«Doch.»
«Und Ceriseray, weiß er Bescheid?»
«Ein bißchen, mein Lieber.»
«Aber warum diese unglaubliche Schieberei?»
«Angèle hat schon immer gemalt, aber als Frau des Bürgermeisters schickte sich das nicht … Also hat der Kommandeur einen netten Kerl gesucht, der die Rolle des Malers spielt, verstehst du? Dann hat er Rosciolli gefördert, und so hat er seinem Frauchen ein Museum verschafft. Mitten in Chantreille! Nur daß dieser nette Kerl sich auch noch seine Frau gegriffen hat.»
«Aber woher weißt du das?»
«Ah, das ist nun wirklich ein Geheimnis, das kann ich dir nicht sagen, haha!»
Pulp brach in schallendes Gelächter aus. Don Quijote grinste und heulte «Arago, Arago». Auch Cendrine konnte sich nicht mehr zurückhalten. Sie kriegten fast einen Lach-

krampf. Da schrie plötzlich eine Stimme von der anderen Straßenseite:

«He, du Pisser, halt endlich die Klappe!»

Pulp sprang auf. Das war einer der drei Skins, die er völlig vergessen hatte. Oder vielmehr ein vierter, der gerade dazugekommen war. Er kam über die Straße, eine Bierdose in der Hand. Sein Blick wanderte von Joël zu Cendrine. Er pflanzte sich vor ihnen auf, verschränkte die Arme, ließ seine Bierdose auf die Erde knallen und zertrat sie mit seinen Springerstiefeln. Dann rief er seinen Kumpanen zu:

«He, Leute, die Fotze hab ich schon mal irgendwo gesehen!»

«Was sagst du, Mick?»

«Hat ja 'nen geilen Arsch, die Maid! Wo hab ich dich schon mal gesehen, du Schlampe?»

Cendrine erstarrte. Sie stieß Gabriel in die Seite und flüsterte: «Das ist er, das ist er ...» Die Botschaft war voll angekommen. Auch Joël hatte verstanden. Er bewegte sich zum C 15 und öffnete die Hecktür. Instinktiv zog Cendrine sich zum Wagen zurück. Pulp umkreiste den Typen, zog seine Astra und richtete sie auf ihn.

«Los, einsteigen!»

«Laß dich von dem Schwulen nicht anmachen, Mick!» rief einer der Skins und kam über die Straße.

Ein zylindrischer Gegenstand erschien in Pulps linker Hand. Er sprühte eine Dosis Tränengas in die Richtung des Skins, der abrupt stehenblieb.

«Willst du auch mal kosten, Pinochet? ... Los, steig ein, Charveix!»

Charveix wurde blaß, als er seinen Namen hörte. Ihm wurde klar, daß er die Situation nicht mehr im Griff hatte. Pulp streckte den Arm aus und hielt ihm die Kanone an die Schläfe. Seine Hand war völlig ruhig. Er handelte ganz automatisch, alte Reflexe kamen wieder zum Vorschein. Mit

einer Fingerspitze löste er den Sicherungshebel der Astra und schrie:
«Ganz wie du willst, Charveix. Wenn ich dich abknalle, kräht kein Hahn danach. Ich habe volle Rückendekkung.»
Der ehemalige Polizist war mit vier Schritten an der Rückseite des Lieferwagens, wie ein Rind, das mit einem Elektrostab betäubt wurde. Pulp hielt die drei anderen Skins, die über die Straße gekommen waren, in Schach und warf Joël die Autoschlüssel zu, der die Autotür abschloß.
«Setz dich ans Steuer, Don Quijote!»
«Ich hab keinen Führerschein, Pulp.»
«Warte, ich fahre», sagte Cendrine und nahm ihm die Schlüssel aus der Hand.
Sie schwang sich hinters Steuer. Joël setzte sich neben sie. Pulp zielte auf die anderen Skins, bis Cendrine den Motor angelassen hatte, und zwängte sich neben Joël. Es war besser, hier keinen Rost anzusetzen. Der C 15 fuhr schlingernd die Rue d'Hautpoul hinauf, verfolgt von den Skins, die ihre Bierdosen hinterherwarfen, überquerte die Rue Petit und bog rechts in die Avenue Jean Jaurès ein. Sie waren zusammengepreßt wie die Ölsardinen. Pulp ließ etwas weiter, in einer ruhigen Straße, anhalten, zog die Schlüssel ab und stieg aus. Er öffnete die Hecktür, hielt dem Skin ein Paar Handschellen hin und bedrohte ihn dabei mit der Knarre.
«Mach dich an dem Holm da fest!»
Der Skin gehorchte. Cendrine trat zu Pulp heran.
«Laß mich einsteigen, Gabriel. Ich hab mit diesem Schwein zu reden.»
«Bist du verrückt?»
«Er ist doch gefesselt, oder? Wenn wir alle drei vorne sitzen, werden wir bestimmt bald von den Bullen hopsgenommen.»

«Na gut, dann steige ich eben hinten ein.»

«Ich kann nicht weiterfahren, ich hab keinen Führerschein!»

«Du hast keinen Führerschein? Und wie hast du das eben gemacht?»

«Ich schwöre dir, das war das erste Mal.»

Pulp beugte sich diesem Argument, das erklärte die Fehlzündungen. Er schloß Sharon Stone mit dem Fascho ein. Er konnte sie sogar verstehen. Er wußte bereits, wer von den beiden die Augen schließen und die Klappe halten würde. Von der Avenue Jean Jaurès bog er in den Boulevard Sérurier ein, und dann ging es auf den Maréchaux bis zum Boulevard Soult weiter. Dann fuhr er durch Saint-Mandé und den Park. Zwanzig Minuten später kamen sie ohne Zwischenfall in Charençon an. Die ganze Fahrt über hatte Don Quijote sich an die Tür gekauert und nervös an seinen Fingernägeln gekaut, als ob er noch nie mit einem Auto gefahren wäre. Als Pulp in der Rue des Coudriers einparkte, stieß er ein zittriges «Arago» aus.

Gabriel klopfte an die Trennwand aus Sperrholz.

«Wir sind da. Alles in Ordnung?»

«Alles in Ordnung», erklang Cendrines gedämpfte Stimme.

Sobald sie sich neben ihn gesetzt hatte, hatte sie versucht, mit dem Skin zu reden, aber nichts zu machen. Er gab keinen Ton von sich, starrte nur stumpfsinnig vor sich hin. Daher hatte sie ihn mit den Augen gekreuzigt, das konnte sie, angesichts dieses Arschlochs fühlte sie ungeahnte Kräfte. Sie musterte ihn wie ein unbekanntes Tier. Nach einer Weile hatte er seinen Mittelfinger senkrecht ausgestreckt und eine Flut von Schimpfwörtern losgelassen, in denen sich seine Dialogfähigkeit erschöpfte. Dann hatte er nur noch trotzig ihrem Blick standgehalten. Cendrine hatte mit bösem Grinsen ausgestoßen: «Ich schneid dir gleich den Pimmel ab!» Da war der Typ plötzlich ganz still geworden, hatte einen roten Kopf bekommen, die Augen niedergeschlagen und seinen freien Arm in den Ellbogen gelegt. So verharrte er bis zum Ende der Fahrt. Er reagierte nicht einmal, als der Wagen anhielt.

PULP 32 *und die Glatzen der Fraternité*

«Wir müssen entscheiden, was wir mit **dem Kerl machen**», sagte Pulp, als er den Motor abstellte. «Geh bitte zu Francis. Sag ihm, daß wir das Päckchen haben.»
«Wieso, was willst du von Francis?»
«Eine Entscheidung und vor allem einen ruhigen Ort, um den Kerl auf Eis zu legen. Du hast doch bestimmt keine schallgeschützte Bude, oder?»
Don Quijote kratzte sich heftig am Nacken und brach in gurgelndes Gelächter aus.
«Hab ich dir vorhin doch gesagt, daß Joël eine gute Nachricht hat, ja? Also gut, er hat sogar zwei, mein Lieber ... Arago!»
«Los, spuck's aus.»
«Ich werde dir mein Heim zeigen, Pulp.»
«Du hast eine Baracke besetzt, ist es das?»
«Viel besser, Pulp.»
«Dann ist es kein Geheimnis mehr!»
«Fahr los, ich sag dir, wo es langgeht.»
«Wir sollten Francis wenigstens Bescheid sagen. Ist ja immerhin seine Karre!»
«Es ist nur eine Viertelstunde von hier, fahr los ...»
Drei dumpfe Schläge an die Holzwand. Cendrine wurde ungeduldig.
«He, Leute! Was treibt ihr da?»
Pulp kümmerte sich nicht um sie.

«Und die andere gute Nachricht, die wäre?» fragte er, als er den Wagen anließ.

«Die andere ist, daß ... die kleine Yanissa, sie ist gerade zurückgekehrt.»

«Zurückgekehrt? ... Yanissa? Aber ...»

«Joël, er weiß es», murmelte Don Quijote.

Pulp klammerte sich völlig überrascht ans Lenkrad.

«Warte, warte, jetzt müssen wir erst mal auf einen gemeinsamen Nenner kommen ... Du willst mir wirklich sagen, daß Yanissa, die Freundin von Cendrine, die verschwunden war und die überall gesucht wird, *zu-rück-ge-kehrt* ist?»

«Genau. Ich mach doch keinen Spaß mit so was, Arago.»

«Und du hast nichts gesagt! Und wir haben die ganze Zeit wie die Verrückten nach ihr gesucht und Himmel und Hölle in Bewegung gesetzt ... Ich glaub, ich spinne!»

«Ich hab nichts gesagt, weil ... weil ich nicht sicher war.»

Pulp drehte den Schlüssel im Zündschloß. Es gab ein entsetzliches Geräusch. Er hatte völlig vergessen, daß der Motor schon lief.

«Weil er sich nicht sicher war!»

«Ich wollte es dir erklären, aber da sind die Skins auf uns losgegangen. Deswegen war ich doch gekommen ...»

«Und du weißt auch, wo sie ist?»

«Schrei mich doch nicht so an, Pulp ...»

Joël fing plötzlich an zu weinen wie ein kleines Kind. Pulp sagte nichts. Er wartete eine Weile und meinte dann:

«Entschuldige bitte, Joël, ich konnte ja nicht ahnen ... Du hast ... du hast so eine unglaubliche Art, dich auszudrükken.» ... Erneute Schläge gegen die Trennwand.

«He, Leute, habt ihr euch nun genug angebrüllt?»

«Wo ist sie, Yanissa?»

«Bei mir zu Hause», schniefte Joël leise.

Pulp ließ sich das zweimal wiederholen. Er hatte richtig gehört.

«Verdammt noch mal … Wo geht's lang?»
«Du tust erst mal so, als ob du nach Petites Usines fahren wolltest, danach sage ich dir, wie es weitergeht», sagte Joël und klammerte sich wieder an die Tür.
Völlig benommen von dem, was er gerade gehört hatte, scherte Pulp aus und fuhr den Boulevard de la Fraternité hinunter. Einige Straßen nach der Eisenbahnbrücke bog er links ab, in ein Gewirr von kleinen Straßen mit kleinen Kalksteinhäusern, wo er noch nie gewesen war. Danach ein seltsames Brachgelände. Kleine Parzellen, die mit Gestrüpp und wilden Kräutern überwuchert waren. Die ehemaligen Schrebergärten von Charençon. Direkt dahinter ein Gebäude mit durchlöchertem Dach und eingeschlagenen Fenstern. Joël zeigte ihm einen Schotterweg auf der linken Seite, direkt hinter dem Lagerhaus. Das war also seine Luxushütte! Rechts neben dem Weg war eine lange, von Efeu überwucherte Mauer.
«Das ist ja wie auf dem Land hier. Man hat gar nicht das Gefühl, in Charençon zu sein.»
«Halte hinter dem Trafohäuschen an. Wir müssen dem Kerl die Augen verbinden», setzte Joël hinzu. «Braucht niemand sonst zu wissen.»
«Ich habe reichlich Chloroform dabei, aber der Hund ist ganz schön schwer.»
«Mach dir keine Sorgen, Pulp, Joël weiß schon, wie wir ihn transportieren.»
Pulp fuhr bis zum Ende des Weges und hielt hinter einem Transformator im Schatten von Bäumen an. Der Weg war eine Sackgasse. Von der Straße aus war der Wagen nicht zu sehen.

PULP 33 *und die Glatzen der Fraternité*

Pulp öffnete die Hecktür des C 15 und kletterte ins Innere.

«Was habt ihr bloß so lange gemacht!» rief Cendrine.
«Wie geht's, Isabelle?»
Cendrine verstand sofort. Man konnte nie vorsichtig genug sein. Es war besser, sie benutzten andere Vornamen.
«Er war lammfromm.»
«Verbinde ihm die Augen, Isa», fügte er hinzu und reichte ihr einen alten Lappen.
Mickaël Charveix sah ihn verdutzt an und beugte sich etwas vor. Als er den Hohlweg und die Bäume sah, begann er zu zittern. Im Spatzenhirn dieses Folterknechts waren wohl ein paar Bilder aufgetaucht: Die Geheimpolizei hatte beschlossen aufzuräumen, deshalb die heimliche Entführung und die Drecksarbeit, die zwangsläufig dazugehörte. Pulp freute sich innerlich. Vielleicht war das die einzig wirksame Therapie, um diesen Faschos ihre Freude am Haß auszutreiben. Während Cendrine ihm die Augen verband, drehte er dem Skin den freien Arm auf den Rücken. Der Skin warf wie verrückt den Kopf hin und her, aber Cendrine hatte ihn fest im Griff. Pulp nahm ein Fläschchen Chloroform aus seinem Zauberkasten, benetzte eine Kompresse und drückte sie dem Skin auf die Nase. Sharon Stone hielt seinen Kopf fest. Charveix bäumte sich auf und brach zusammen. Gabriel schloß die Handschellen auf, ließ den reglosen Körper zu Boden gleiten und schloß seine Handgelenke zusammen. Er nahm ihm seinen Gürtel ab, zog ihm die Springerstiefel aus und konfiszierte den Handgelenkschoner, das Hakenkreuz und den Siegelring mit dem Totenkopf. In den Taschen seines Kampfanzugs fand er ein Nunchaku, eine Schlinge, einen Schlagring und eine Brieftasche. Keine Schußwaffe. Unter seinen Papieren Mitgliedsausweise für *Franc National* und die *Bewegung für ein neues Europa*, ein Foto von Rudolf Hess, ein weiteres von Léon Degrelle (mit Widmung) und ein ziemlich verschlissenes Telefonverzeichnis, das nur aus Abkürzungen be-

stand. Pulp steckte das ganze Zeug ein und beschloß, ihm die Augenbinde nicht abzunehmen.
«Was machen wir jetzt?» fragte Cendrine.
«Wir bringen ihn zu mir», antwortete Joël. «Ich hab eine schöne Überraschung für dich, meine Schöne», fügte er grinsend hinzu.
«Zu Ihnen! Aber ich dachte …»
«Wollen wir es ihr sagen?» fragte Pulp.
Cendrine sah Joël an, der auf einmal ziemlich kleinlaut wurde. Er senkte den Kopf, schloß die Augen und überließ es Pulp, die gute Nachricht zu verkünden.
«Cendrine, Don Quijote hat Yanissa gefunden … Sie lebt!»
Sie öffnete den Mund, aber es kam nichts heraus. Ihre Knie knickten ein, und sie glitt langsam an der Karosserie des Citroën herunter. Pulp glaubte einen Augenblick, sie sei ohnmächtig geworden, aber sie blieb auf den Knien liegen, legte die Hände an die Schläfen und schüttelte den Kopf, während Gabriel sich mit den hundertsechzig Pfunden des Neonazis abplagte.
«Das kann doch nicht wahr sein … Das kann doch nicht wahr sein …»
«Aber ja, es stimmt», sagte Joël und nahm sie beim Arm. «Los, komm.»

Das Trafohäuschen lehnte direkt an der Lagerhalle. Joël stieß die Tür auf, die mit der Aufschrift *Eintritt verboten* und einem wenig einladenden Totenkopf verziert war. Es war nicht abgeschlossen, das Gelände war schon lange stillgelegt. Pulp folgte ihm und schleppte den Skin mit. Cendrine blieb etwas zurück. Im Inneren standen nur einige verrostete Kabeltrommeln auf dem Betonboden. Joël hob eine hoch. Pulp sah verblüfft, daß sie in den Boden einzementiert war und als Griff für eine unter dem Elektromaterial verborgene Klappe diente. Joël stieg einige Stufen der Betontreppe hinunter, die hier begann, und kehrte mit einer riesigen Stablampe zurück.

«Geht schon mal vor, ich muß wieder zumachen», sagte er.

«Verdammt, wo geht es da denn hin?» fragte Pulp.

«Zu den alten Bleiminen», erklärte Don Quijote stolz. «Da wohne ich, Arago. Das dürft ihr aber niemandem sagen, das müßt ihr mir versprechen.»

Pulp warf der sprachlosen Cendrine einen Blick zu. Er nickte und stieg mit achtzig Kilo Skin auf den Schultern die Treppe hinunter.

«Und Yanissa, wo ist Yanissa?»

«Du wirst sie in fünf Minuten sehen, meine Schöne», sagte Joël verschmitzt. «Mach dir keine Sorgen. Da, wo sie ist, geht es ihr gut ... Paßt auf, die Stufen sind ziemlich glatt.»

Auch Cendrine begann den Abstieg, ermutigt durch Gabriels Anwesenheit. Don Quijote machte die Klappe hinter sich zu und führte sie die ersten Schritte in die Dunkelheit. Am Ende der Treppe, die etwa vierzig Stufen hatte, stieß Pulp zu seiner Überraschung auf einen Einkaufswagen aus einem Supermarkt.

«Du kannst den Hirni da drauflegen», gluckste Joël.

Das ließ er sich nicht zweimal sagen. Der Wagen ließ sich zwar nicht gut steuern, da die Räder auf dem Kiesboden ständig klemmten, aber so war es trotzdem einfacher, als ihn zu tragen. Sie gingen etwa dreißig Meter geradeaus, geleitet von der Stablampe des Clochards, der die Situation wahnsinnig lustig fand. Der Boden bestand aus festgestampfter Erde, die Decke war ziemlich hoch, und die Wände waren mit Balken abgestützt. Es sah alles recht solide aus, der Gang war mindestens fünf Meter breit. Es gab eine erste Kurve nach rechts, dann eine zweite, dann kreuzten sie einen etwas schmaleren Schacht, bogen in einen anderen ab, der etwas enger wurde und leicht bergab ging. Cendrine half ihm, den Wagen zu schieben, und wenn dieser stockte, bückte sie sich, um die Kieselsteine zu entfernen. Sie drängte sich an ihn und griff nach seinem Arm. Sie fröstelte. Es war tatsächlich schweinekalt hier unten, ein Pullover wäre kein Luxus gewesen. Außerdem war da ein seltsamer Geruch, metallisch und feucht. Der kam und ging, war zwischendurch ganz verschwunden.

«Das Blei, Pulp! Das Blei!»

Guter Gott, wie hielt er das nur aus …

«Charençon-le-Plomb, Charençon-die-Bleistadt, Arago! Ha, ha, ha!»

Cendrine legte ihren Mund an Pulps Ohr:

«Warum sagt er immer *Arago*?»

«Ich weiß nicht.»

«Ich hab Angst», flüsterte sie und drückte sich noch enger an ihn.

«Fürchte dich nicht, meine Schöne, fürchte dich nicht … Wir sind gleich da.»

Zwei Minuten später standen sie vor einer schweren Metalltür. Joël stieß sie auf. Im Licht der Stablampe ein langer Gang und … das war ja nicht zu fassen! Der Boden bestand nicht mehr aus festgestampfter Erde, sondern war gekachelt!

«*Welcome home,* Kinder. Hereinspaziert, hereinspaziert … Gib mir den Wagen, Pulp. Ich werd ihn ins Loch stecken, Arago! Hahaha! Hahaha …»

Don Quijote zog den Einkaufswagen über die Kacheln und verschwand mit seiner Beute am Ende des Gangs. Die völlige Dunkelheit trieb Cendrine in Pulps Arme. Sie war kurz vor einem Nervenzusammenbruch. Er zog sie an sich und strich ihr mechanisch übers Haar. Die bleierne Feuchtigkeit hatte den Maulbeerduft verschwinden lassen. Sie hatte die Arme um seine Taille gelegt und zitterte vor Angst. Die Halluzination dauerte eine kleine Ewigkeit: *Eingesperrt in einer Bleimine mit Sharon Stone in den Armen, die sich krampfhaft an ihn schmiegte!* Dann ein Knistern, und es wurde hell. Unglaublich! Die Fee Elektrizität! Ein, zwei, drei Neonröhren! Was er für einen Gang gehalten hatte, war ein riesiges Zimmer von mindestens fünfzig Quadratmetern mit allem modernen Komfort, der wahllos herumstand: Sofa, Sessel, Tisch, Stühle, Bett, Kühlschrank, Anrichte, Gasherd. Zwar nicht nagelneu, aber trotzdem! Neben dem Bett stand sogar ein elektrisches Heizgerät. Der Boden war mit Teppichen bedeckt, an den Wänden ein wildes Patchwork aus Jutesäcken. Cendrine blieb noch einen Moment an ihn gepreßt, dann löste sie sich, ein bißchen verschämt.

Kurz danach tauchte Don Quijote wieder auf und ging direkt auf den Kühlschrank zu. Er zog eine Flasche Moët & Chandon heraus. Als er die Tür zuschlug, begann der Motor zu stottern.

«Die hab ich letzte Woche von Madame Bernaudeau bekommen», sagte er freudestrahlend. «Ich hab ihre Wasserleitungen überholt. Wir trinken erst mal einen Schluck, und dann führe ich euch zu Yanissa.»

Don Quijote servierte den Champagner im *Salon*, in Bechern aus unzerbrechlichem Glas. Und er begann, ihnen die Geschichte seines Höhlendaseins zu erzählen – zur Verzweiflung von Cendrine, die vor Unruhe fast verging.

PULP 34 *und die Glatzen der Fraternité*

Die Bleimine von Charençon, eine der wenigen in Frankreich, wurde 1930 wegen mangelnder Rentabilität geschlossen. Mit dem massiven Aufkommen von Kühlschränken und Tiefkühltruhen hatte in den sechziger Jahren auch die benachbarte Eisfabrik dichtgemacht. Eine

Anordnung der Präfektur verbot jegliche bauliche Aktivität auf diesem Gelände, das wie ein Schweizer Käse durchlöchert und hauptsächlich von Schrebergärten bedeckt war, deren Konzessionen nach und nach abliefen. Die Arbeiterklasse hatte den Bereich verlassen, und das Gelände war zum Niemandsland geworden, das von Gangsterbanden und Liebespaaren auf der Suche nach einem einsamen Fleckchen geschätzt wurde. Während der Besatzungszeit hatten die Deutschen Munition und Treibstoff in den Stollen gelagert und auch einige Tunnel wieder instand gesetzt, die von den Verteidigern der Stadt Paris während der Belagerung von 1871 gegraben worden waren. Nach dem Krieg war die Mine zum Abenteuerspielplatz für die letzten Arbeiterkinder von Petites Usines geworden.

Don Quijote hatte hier seine harte Einführung ins Leben bekommen. Und sein Leben war irgendwie schiefgelaufen, er sagte nicht, wann und warum. Nach und nach hatte er seine unterirdische Festung ausgebaut, von der niemand etwas wußte. Fast niemand, überlegte Pulp, denn es mußte doch zwangsläufig Leute geben, die sein Geheimnis kannten.

Sie hörten ihm zu und machten die Flasche Moët nieder. Cendrine saß auf der Vorderkante eines zerschlissenen Sessels und wagte kaum sich zu rühren. Pulp, der auf der Lehne saß, hatte ihr zugeflüstert, sie solle Joël nicht unterbrechen, das wäre nicht gut. Sie nutzte eine kleine Pause und fragte mit zitternder Stimme:

«Was ist mit Nissa geschehen? Wo ist sie?»

«Madame Janvier hat sich um sie gekümmert. Sie hat alles gut überstanden, mach dir keine Sorgen!»

«Was ist mit ihr passiert?» flehte Cendrine.

Don Quijote räusperte sich:

«Sonntag abend, kurz nach Mitternacht, ich kam nach Hause zurück, da hab ich sie vor dem Eingang der Lumpensammler gefunden …»
«Was für Lumpensammler?» fragte Pulp.
«Laß ihn ausreden!« fauchte Cendrine. «Das ist doch unwichtig!»
«Sie saß gegen die Tür gelehnt, wie ein Häufchen Elend … Ich hab gleich gemerkt, daß was nicht in Ordnung war. Sonst hat sie sich immer gefreut, wenn sie mich gesehen hat, und mir einen kleinen Kuß gegeben.»
«Und mir hast du gesagt, du würdest sie kaum kennen!»
«Scheiße, Gabi, kannst du ihn nicht mal ausreden lassen!»
«Sie hat sich überhaupt nicht gerührt», fuhr Joël fort. «Ich hab mich zu ihr runtergebeugt und gefragt, was los ist. Aber sie hat nicht geantwortet. Da hab ich sie in den Arm genommen und sie ein bißchen hin- und hergewiegt, und sie hat angefangen zu weinen. Ich wußte nicht, was ich tun sollte. Vielleicht eine Liebesgeschichte, dachte ich. Dann habe ich mir gesagt, Arago, ohne Grund ist sie nicht zu Joël gekommen. Und ich hab gesehen, daß sie Blut an den Händen hatte … Sie hatte sich die Pulsadern aufgeschnitten, sie hatte versucht, die arme Kleine …»
Cendrine wurde totenblaß.
«O nein … Nissa …»
«Warum hast du das gemacht, meine Kleine … Ich wußte ja nichts von der Sache mit Alvaro. Sie hörte mich nicht, war ohnmächtig geworden. Also hab ich sie hochgehoben und bin mit ihr zu Madame Janvier.»
«Aber warum haben Sie denn keinen Notarzt gerufen?» rief Cendrine. «Sind Sie nicht ganz dicht, oder was?»
«Madame Janvier ist genauso gut wie ein Notarzt», entgegnete Don Quijote. «Sie hat schon ganz andere gesehen, mußt du wissen. Sie hat gleich gesagt, daß es nicht so

schlimm ist, daß das erst kurz vorher passiert ist und daß sie nicht die richtige Stelle erwischt hat. Aber sie hätte viel Blut verloren, sie bräuchte eine Blutübertragung, bevor man sie transportieren könne … Joël, er hat gesagt, das läuft, ich bin Blutspender für alle Blutgruppen. Madame Janvier hat mir nicht geglaubt, aber ich hab ihr das Papier mit dem Aidstest gezeigt, und sie hat gesagt, okay, und jetzt, Yanissa hat jetzt das Blut von Joël in den Adern!»
Pulp sagte verblüfft:
«Deine Freundin hat Geräte zur Bluttransfusion?»
«Sie ist nicht meine Freundin, sie ist Ärztin.» Joël streckte den Daumen hoch. «So eine Frau ist das, Arago … Sie arbeitet für die Menschen. Letzte Woche war sie in Sarajevo, wir haben Glück gehabt … Er war stolz, Joël, jawohl!»
So stolz, daß er Tränen in den Augen hatte.
«Ich möchte sie sehen», flehte Cendrine. «Bitte!»
Auch sie konnte die Tränen kaum zurückhalten. Pulp versuchte, sie mit einem Klaps auf die Schulter zu beruhigen. Sie lächelte und bekam wieder etwas Farbe.
«Da ist noch was, was ich nicht verstehe … Vorhin, im Auto, hast du mir gesagt, daß du nicht sicher warst, ob sie *zurückkehren* würde …»
«Hm … ja.»
«Aber, zum Teufel, du hast sie doch in der Nacht nach dem Mord gefunden!»
«Ja, ja.»
«Na, also, das verstehe ich nicht … Warum hast du am nächsten Tag nichts zu ihrer Mutter gesagt?»
«Der hat doch 'ne Macke, der Typ!» schrie Cendrine. «Wir suchen sie überall, und der sagt nichts … Das muß man sich mal vorstellen!»
Joël senkte betroffen den Kopf. Er kratzte sich am Hals und wurde aschfahl.
«Nun … Als sie aufgewacht ist, nach der Transfu…, na ja

... sie hat überhaupt nicht gesprochen ... Sie schlug die Augen auf, sie sah uns an, aber sie sagte kein Wort. Wir haben sie gefragt, ob sie nach Hause möchte, und da hat sie den Kopf geschüttelt. Wenn du willst, hole ich deine Mama, hab ich gesagt, aber da hat sie wieder den Kopf geschüttelt. Sie machte einen völlig verzweifelten Eindruck. Madame Janvier hat gesagt, sie hat so was schon in Sarajevo gesehen, wenn die Leute die verdammten Bomben in die Fresse kriegen und sehen, wie die Eltern neben ihnen krepieren ... Sie hat so komplizierte Sachen gesagt, Joël kann sich nicht mehr erinnern, Yanissa könnte eine ... was war das noch ... haben ... ach verdammt, ich weiß nicht mehr ... Kurz, das könnte nach einigen Tagen wieder in Ordnung kommen ...»

«Ist die bekloppt oder was, die gute Frau!» rief Cendrine. «Und wir, wir konnten uns nicht um sie kümmern!»

«Deshalb hat Joël niemandem etwas gesagt. Yanissa kommt wieder in Ordnung, und keiner wird etwas davon wissen ... Und heute mittag ist sie *zurückgekommen*, sie hat gesprochen ...»

Cendrine sprang auf.

«Und was hat sie gesagt?»

«Oh, nichts Besonderes! Sie hat nur gesagt: *Alvaro*. Und kurz danach, *Cendy*, sie möchte Cendy sprechen ...»

«Aber Cendy, das bin ich doch!»

«Joël weiß das doch, Arago. Deshalb hat er ja Pulp und dich gesucht. Ich bring dich zu ihr, wenn du willst.»

«Ich möchte gern erst ein Wort mit dem Skin reden», meinte Pulp. «Ich hab ihn einiges zu fragen.»

«Da hast du nichts von», sagte Cendrine. «Der Typ ist ein echter Schwachkopf. Der kann nur rumpöbeln.»

«Sonst wäre er ja kein Skin, oder? Ich will es trotzdem versuchen. Wollen wir, Don Quijote?»

Joël stand auf, ließ seinen Mantel auf den Boden fallen und

ging zu der Tür, in der er mit dem Einkaufswagen verschwunden war.

PULP 35 und die Glatzen der Fraternité

Dahinter lag ein zehn Meter langer Gang, der von drei Neonröhren erleuchtet war. Don Quijote war offensichtlich ein absoluter Neonfan. Der Boden bestand aus einem Puzzle von Holz- und Linoleumplatten. Links eine Holztür, die mit einem Nummernschloß verschlossen war, und eine weitere, eine Gittertür, die stellenweise mit Aluminiumplatten bedeckt war. Joël öffnete grinsend die erste Tür und hängte das Schloß an den Riegel.

«Die Kammer unseres Freundes. Die andere führt zur Treppe. Ich warte oben auf dich. Vergiß nicht, das Schloß wieder dranzumachen.»

Pulp betrat den Raum. Eine Zelle von drei mal drei Metern, der Boden bestand aus festgestampfter schwarzer Erde, die an manchen Stellen graublau schimmerte. Von der Decke tropfte die Feuchtigkeit, und es stank entsetzlich nach Salpeter. Der Skinhead saß auf einer Matratze, die auf einem klapprigen Bettgestell lag, seine rechte Hand war mit Handschellen an einen Bettpfosten gefesselt. In der Ecke stand eine Petroleumlampe. Pulp beugte sich zu ihm hinunter.

«Eine Frage, Charveix, eine einzige!»

Keine Reaktion.

Pulp trat näher und packte ihn am Kinn.

«Du verstehst mich doch, oder?»

«*Sieg Heil!*»

Pulp ließ sein Kinn los.

«Sieh mal einer an! Er kann hören! Ist es dir zu blöd, eine richtige Sprache zu sprechen?»

«Fick dich selbst, mit deinen Negernutten», stieß der Skin zwischen den Zähnen hervor. «Leck mich doch am Arsch.»
«Schon gut, Alter, du klopfst Sprüche, aber jetzt ... jetzt hör mal gut zu, du Gehirnakrobat», fuhr Pulp fort und setzte ihm die Faust unters Kinn. «Wenn du den Mund nicht aufmachst, verspreche ich dir, daß in deiner Zelle nicht nur kleine Weiße sein werden ... Die Immigranten, die im Knast sitzen, werden dich anbeten! Wenn du dich dagegen kooperativ zeigst ...»
Der andere mußte schlucken. Pulp sprang ins kalte Wasser. Die Chance, nicht unterzugehen, war fifty-fifty.
«Wo und wann triffst du dich morgen mit deinem Wohltäter?»
Der Skin zuckte entsetzt zurück. Er schlotterte vor Angst.
«Wo sind wir hier?»
«In der Faschogruft, verstehst du?»
«Aber wer sind Sie?»
«Du, du bist zur Polizei gegangen, um Farbige zu vermöbeln. Ich, um solche Nazi-Bullen wie dich aus dem Verkehr zu ziehen. Und ich hab völlig freie Hand. Kapierst du?»
«Ich bin kein Nazi!»
«Rudolf Hess auch nicht, der war auch kein Nazi! Was hatte der kleine Boutelka dir getan?»
«Das war doch eine schwule schwarze Sau!» heulte der Skin und trat gegen den Bettpfosten. «Der Arschficker wollte mich anmachen ... Arschficker!»
Pulp quetschte ihn an die Wand und zog seine Astra heraus. Er schob ihm die Kanone in den Mund und fuhr mit der Mündung an den Zähnen entlang.
«Wir können dich hier so lange festhalten, wie es uns gefällt! Wir können dich auch verrecken lassen, wenn wir Lust dazu haben, kapierst du? Kein Schwein wird sich um

dich kümmern, nicht mal deine Mutter. *Vor allem nicht deine Mutter.* Es ist also besser für dich, wenn du redest.»
Pulp steckte die Waffe so schnell wieder in seine Jackentasche, wie er sie hervorgeholt hatte, und rieb sich die Hände. Mickaël Charveix leckte sich die Lippen und flüsterte:
«Um elf, bei der Metrostation Oberkampf.»
«Wo genau?»
«In der Brasserie Woessinger, Boulevard Voltaire.»
«Sollst du allein kommen?»
«Ja.»
«Wie heißt er, dein Wohltäter?»
«Weiß ich nicht. Er ruft immer an.»
«Dino Rosciolli kennst du natürlich auch nicht, oder?»
«Verdammt, woher wissen Sie das?»
«Wenn du etwas nachdenkst, wirst du schon darauf kommen. Wir haben den Beweis, daß er bis zum Hals in der Scheiße steckt, aber ihn in flagranti zu erwischen, wäre noch besser. Denk daran, was ich dir über den Knast erzählt habe. Hast du ihn bei der Zahlung der ersten Rate getroffen?»
«Nein, ich nicht, das war Rudo.»
«Gibt es ein Paßwort?»
«Er, er sagt: *Ich bin das weiße Steinhuhn …*»
«Und du antwortest?»
Der Skinhead schüttelte heftig den Kopf.
«Ich kann nicht! Er legt mich um!»
«Eine Zelle mit einem Schwarzen und einem Araber, das wird ein Vergnügen für dich, Charveix!»
«*… ruhig in seinem Nest.*»
Der Typ hatte das in einem kläglichen Ton gesagt.
«Na gut. Wieviel schuldet er dir noch?»
«Hunderttausend.»
«Ich hoffe, du hast keinen Scheiß erzählt, Charveix.»
Pulp sah auf seine Uhr und ging auf den Gang hinaus.

«Steckt mich nicht mit den Niggern zusammen!» heulte er verzweifelt.

Pulp hatte bereits wieder das Nummernschloß angebracht, die Zahlen verdreht und sich die Kombination gemerkt: 1962.

PULP 36 *und die Glatzen der Fraternité*

Pulp stieg die Treppe hinauf und zählte dabei die Stufen. Sechsunddreißig, wie bei der, die sie hinuntergestiegen waren. Aber kein Vergleich mit der anderen. Keine Spur von Feuchtigkeit, es war sogar nahezu warm. Die Wände und die Decke waren weiß gekalkt, und es gab eine Reihe von Neonröhren, die an der Decke hingen. Pulp bemerkte, daß die Elektroinstallation mehr als korrekt war, der Lichtschalter am Ende der Treppe war sogar ein ganz neues Modell. Oben eine Klappe aus Eichenholz, die von außen mit einem Teppich beklebt war. Die Tarnung war perfekt.

Als er aus der Versenkung auftauchte, kam er in einen großen Raum, in dem ein irrsinniges Durcheinander herrschte. Ein Altwarenhandel. Er bemerkte Don Quijote, der mit einem rüstigen, glatzköpfigen alten Mann sprach. Sein nackter Körper steckte in einer Latzhose, die nur mit Mühe den riesigen Wanst bedeckte. Früher mußte er ziemlich muskulös gewesen sein. Durch ein Chaos von alten Möbeln und Geschirr ging er zu ihnen hinüber und verstand plötzlich die Anspielung auf die Lumpensammler. Die Treppe führte direkt in eine Niederlassung der Bruderschaft von Emmaus, die mitten in Charençon lag. Das erklärte die moderne Einrichtung des Höhlenbewohners und sicherlich auch die Stromversorgung. Wenn der Clochard sie zu dem anderen Eingang geführt hatte, dann nur aus Gründen der Geheimhaltung.

«Das ist Arsène, Pulp … Arsène ist der beste Mensch der Welt. Er hat Joël vor der Hölle gerettet.»
Pulp schüttelte dem Unbekannten die Hand, ein bißchen verlegen. Der fettleibige Erlöser machte ein unmerkliches Zeichen und ging davon.
«Die Gleichgültigkeit ist der Schutz des Weisen», murmelte Pulp.
«Das ist schon möglich, aber er, er ist taub wie ein alter Topf», grinste Joël.
«So wie die Einsamkeit seine Zuflucht ist», ergänzte Pulp. «Weißt du, von wem das ist?»
Joël lachte laut auf: «Konfuzius!»
«Louis Guilloux, *Schwarzes Blut.* Wenn du willst, kann ich …»
«Joël, er hat gelesen», unterbrach ihn der Clochard. «Arsène, er gibt ihm Bücher … Hat er geplaudert, der Dreckskerl?»
Pulp gab ihm keine direkte Antwort.
«Kannst du dich drei oder vier Tage um ihn kümmern? Ich geb dir Knete für das Essen.»
«Ich brauche kein Geld! Für Wasser und trockenes Brot … Wenn es nach mir ginge, verdammt, ich würd ihn in seinem Loch verrecken lassen!»
«Wo ist Cendrine hingegangen?»
«Zu Madame Janvier, mit Yanissa. Es ist gleich nebenan, laß uns rübergehen.»
Joël machte die Klappe zu. Die Tarnung war wirklich perfekt.
«Wer weiß sonst noch Bescheid, außer Arsène?»
«Niemand.»
«Aber all die Möbel hast du doch nicht allein runtergeschleppt!»
«Arsène hat mir geholfen. Arsène arbeitet hier ganz allein.»

«Und keiner hat dich je hier rauskommen sehen?»
«Joël, er nimmt tagsüber einen anderen Ausgang, Pulp. Heute, das ist eine Ausnahme. Hier wird keiner den Dreckskerl suchen.»
«Gibt es außer dem Ausgang, den wir genommen haben, noch viele andere?»
«Das, Pulp, das ist ein Geheimnis.»

Als sie das Lager verließen, standen sie plötzlich direkt vor Arsène, der eine riesige Ladung von Holzkisten schob. Dem Tauben folgten zwei Damen aus guter Gesellschaft, die Kleiderbündel trugen. Als sie den Penner erblickten, sahen sie verschämt zur Seite. Die Eingangstür führte auf einen gepflasterten Hof, der zwischen dem Verkaufsraum der Bruderschaft von Emmaus und der Rückseite einer Garage lag. Pulp erkannte den Ort wieder. Hier war er vorbeigekommen, als er zu Madame Pereira ging. Weiter hinten schlängelte sich zwischen acht Kalksteinhäusern eine kleine Gasse nach Petites Usines hinauf.
Don Quijote öffnete die Gartentür des ersten Häuschens auf der linken Seite, ging den kleinen Kiesweg hinauf und betrat das Haus, ohne anzuklopfen.
«Da oben ist sie», sagte er mit leiser Stimme und leuchtenden Augen, griff nach dem Geländer und stieg die Treppe hoch.
Pulp hatte ein komisches Gefühl. Das Bild stimmte irgendwie nicht. Die Einrichtung war gediegen, aber völlig aus der Mode. Hier mochte eine alte Lehrerin wohnen, die noch im letzten Jahrhundert lebte. Keine international arbeitende Ärztin, der die Schrecken des Krieges in Ruanda oder Ex-Jugoslawien den Schlaf raubten. Er zögerte, fühlte eine Art Beklemmung. Das paßte alles nicht zusammen. Mit großen Schritten holte er Don Quijote ein, der wie ein Adler zum ersten Stock hinaufflog.

PULP 37 und die Glatzen der Fraternité

Das Zimmer roch nach Zitronenkraut und Möbelpolitur. Die Läden waren geschlossen, doch durch das offene Fenster hörte man Vogelgezwitscher. Die Flügel eines Deckenventilators milderten die drückende Sommerhitze. Das einzige Licht kam von einem Kerzenleuchter auf dem Nachttisch. Daneben eine Karaffe, ein Wasserglas, eine Vase mit roten und gelben Papageitulpen und eine Waschschüssel aus Porzellan, auf der sich ein Aal im Schnabel eines Tölpels wand. Am Fußende des Bettes türmte sich eine dicke Daunendecke, zusammengelegt. Yanissa lag auf dem Rücken, unter dem weißen Laken schaute nur ihr Gesicht hervor. Das Kerzenlicht tanzte auf der dunklen Haut. Eng am Körper lag ihr linker Arm mit dem Verband am Handgelenk. Cendrine war über sie gebeugt, den Kopf an ihren Hals geschmiegt, eine Hand um ihre Taille gelegt, die andere spielte mit einem Zöpfchen auf dem Kopfkissen. Pulp fühlte sich unbehaglich. Das war schön wie ein Vermeer, und in ein Gemälde dringt man nicht ein. Und dann, diese Intimität, das war nichts für ihn. Am liebsten wäre er geflüchtet. Aber er konnte sich nicht davonschleichen wie ein Dieb. Er stand eine Weile wie erstarrt, dann räusperte er sich. Cendrine hob den Kopf und sah ihn an. Unendlich vorsichtig löste sie ihre Hände und rieb sich die geröteten Augen. Dann stand sie auf und ging auf Zehenspitzen durch das Zimmer, den Zeigefinger an den Lippen. Die drei traten in den Flur. Ihr zauberhaftes Lächeln traf Pulp direkt in der Magengrube. Sie erstrahlte wieder in ihrer ganzen Schönheit. Vorsichtig schloß sie die Tür und sagte:

«Sie ist wieder eingeschlafen.»

«Hast du mit ihr gesprochen?»

«Ja, ein bißchen … sie hat nichts Besonderes gesagt. Man muß ihr Zeit lassen. Es ist zu früh, um mit ihr zu sprechen,

Gabi. Ich … ich würde gern noch etwas mit ihr allein bleiben … Ich weiß nicht, wie ich es erklären soll, aber …»

«Da gibt es nichts zu erklären, Cendrine, das ist doch normal. Soll ich ihrer Mutter Bescheid sagen?»

«Nein, nicht jetzt. Ich werde später zu ihr gehen. Und dieser Scheißkerl, hat er irgendwas gesagt?»

«Er hat bestätigt, was ich mir schon gedacht habe.»

Cendrines Stimme zitterte:

«War er es, der Alvaro …»

«Er gehörte jedenfalls zu dieser Bande. Morgen weiß ich mehr.»

«Du darfst uns nichts verschweigen, Pulp», sagte Don Quijote.

«Auf jeden Fall muß Yanissa entscheiden», sagte Cendrine bestimmt.

«Was entscheiden?»

«Was wir mit dem Mistkerl machen. Er darf nicht so einfach davonkommen.»

«Ich glaube, das ist korrekt», sagte Pulp zustimmend.

«Ich, an ihrer Stelle, ich wüßte schon, was zu tun ist!» sagte Don Quijote grimmig. «Ein Tritt in den Arsch, und ab in den Mülleimer …»

«Erst mal bist du für ihn verantwortlich. Mach keine Dummheiten, ja?»

«Ich weiß gar nicht, wie ich Ihnen danken soll, Joël», sagte Cendrine leise.

«Du brauchst mir nur ein Küßchen geben, Arago!»

Cendrine umarmte ihn schüchtern, es war gar nicht so einfach, eine Stelle ohne Bart zu finden. Er war völlig gerührt und nahm sie in den Arm.

«Und dann, ich dir sagen muß, meine Schöne, hm. Pulp, zu dem sagst du doch auch nicht *Sie*, zu dem da. Mußt *du* zu mir sagen … Wir sind jetzt Freunde.»

Don Quijote, puterrot, konnte sich nicht entschließen,

Sharon Stones Arm loszulassen. Pulp machte der Gefühlsduselei ein Ende und zog ihn zur Treppe. Er konnte es kaum erwarten, die geheimnisvolle Madame Janvier zu sehen. Der Clochard schüttelte den Kopf. Keine Chance, sie war gestern morgen nach Bosnien abgereist. Sie hatte Medikamente für Yanissa dagelassen und gemeint, mit etwas Ruhe würde alles wieder gut werden, aber Yanissa solle einen Psychologen aufsuchen.

«Die ist einfach so abgehauen und hat dir die Schlüssel dagelassen! Das ist ja wirklich nett von ihr, kaum zu glauben!»

«Ja, sie ist nett. Sie rettet Leute.»

«Sag mal, und das hier ist wirklich ihr Haus?»

«Madame Janvier, die hat kein Haus. Sie ist immer im Ausland unterwegs, mit ihrem Beruf. Wenn sie nach Frankreich zurückkommt, wohnt sie bei ihrer Großmutter …»

«Ja, und wo ist nun diese Großmutter?» fragte Pulp gereizt.

«In einem Altersheim, in Créteil. Joël, er kümmert sich um das Haus.»

«Und trotzdem schläfst du in der Bleimine!»

Don Quijote warf ihm einen düsteren Blick zu.

«Ach, was weißt denn du! Joël, der ist kein Stubenhocker, Arago … Mensch, Scheiße, das hätte gerade noch gefehlt! Arago zum Arago zum Arago! Nee, bloß das nicht!»

Pulp senkte den Kopf, überrascht, daß Joël wie ein verletztes Raubtier reagierte. Der Clochard klammerte sich an ihn, heulte schubweise «Arago», wie in tiefer Verzweiflung, irgend etwas war bei ihm ausgerastet. Pulp fühlte sich hundeelend. Er verdrückte sich auffällig schnell, ein bißchen verschämt. Es war mittlerweile 21.30 Uhr, und es gab noch viel zu tun. Ohne große Schwierigkeiten fand er den Eingang zur Mine wieder. Vor zehn Stunden war er mit dem Lieferwagen am Roussillon losgefahren. Die Kellnerin sagte ihm, daß Francis fortgegangen sei. Er aß einen Happen und hinterließ ihm eine ausführliche Nachricht, dann rief er Cheryl an. Sie nahm beim zweiten Klingeln ab, ein bißchen kratzbürstig. Er hatte den Eindruck, daß sie etwas getrunken hatte. Nein, er könne nicht kommen, nicht jetzt. Er hakte nach, er wolle nur noch ein Gläschen trinken, er würde nicht bleiben. Nichts zu machen. Er folgerte, daß sie nicht allein war, und bevor er auflegte, sagte er beiläufig: «Wohl wegen Guerlain?»

So rief er Adèle an, die schon ungeduldig auf Neuigkeiten wartete. Sie gab ihm ihre Adresse, Rue des Meuniers, im 12. Arrondissement, zwei Schritte von der Porte de Charençon. Ja, sie habe eine gute Schere und einen Rasierapparat, was für eine Frage!

Dann wählte er die Nummer der Pereiras. Diego hob ab. Sie wußten die Neuigkeit noch nicht. Pulp bewahrte Stillschweigen, erzählte aber, was er vorhatte. Er bräuchte sie morgen. Vielleicht würde nichts passieren, aber es wäre besser, vorsichtig zu sein.

«Die Skins, sind das die aus dem besetzten Haus?» fragte Diego.

«Wieso, woher weißt du davon?»

«Cendrine hat mich heute mittag angerufen, als sie auf dich wartete, deshalb.»

«Kannst du was für dich behalten, Diego? Bis morgen?»

«Na klar, Pulp, ich schwöre.»

Pulp erzählte ihm von Charveix und wer Charveix war. Diego war begeistert.

«Das beste wäre, wenn man sie daran hindern könnte, ihr Rattenloch zu verlassen», meinte er. «Ich glaub, ich hab da eine Idee, Pulp. Wundert mich, daß du nicht selbst drauf gekommen bist.»

«Immer mit der Ruhe, Diego. Vorsicht, mit diesen Typen ist nicht zu spaßen.»

«Bei meiner Idee kommt man nicht mal in Kontakt mit diesen *chofas*.»
«Erzähl.»
Diego erzählte, und Pulp fand, daß er wirklich ein bißchen dämlich war, nicht selbst darauf gekommen zu sein.
«Auch wenn das nicht klappt, wir sind auf jeden Fall morgen da», sagte Diego noch einmal.
Pulp rief trotzdem auch noch Pedro an. Falls es Stunk geben sollte, der Katalane hatte schon oft bewiesen, daß er mit solchen Situationen umgehen konnte.

PULP 38 und die Glatzen der Fraternité

Adèle öffnete die Tür. Pulp bekam ein Küßchen auf die Wange und trat ein. Fünf Etagen, er war ganz schön aus der Puste. Sie trug wieder ihre kleine runde Brille und hatte ihr Haar zu einem Knoten aufgesteckt. So mochte er sie lieber, kurzsichtig und ungeschminkt. Sie trug eine weinem indianischen Spruch und Sandalen, die ans antike Griechenland erinnerten. Im Wohnzimmer teilten sich die Bücher und CDs in den Teakholzregalen ihren Platz mit asiatischen Lackpuppen und anderem Nippes aus dem Fernen Osten. Er setzte sich in einen Korbsessel, der unter einem riesigen Bananenstrauch stand.
«Hast du ein Bierchen da?»
«Das müßte sich auftreiben lassen», sagte sie und verschwand in der Küche.
Sie kam mit zwei Dosen Tsing-Tao zurück, einem leichten *pale ale*, etwas bitter, das sie unten beim Chinesen holte und das er nicht verschmähte. Dann erzählte er ihr alles. Das besetzte Haus, die Entführung des Skins, die Behausung von Don Quijote, wie sie Yanissa gefunden hatten, wie er Charveix ausgequetscht hatte und die Rolle, die Ros-

ciolli ohne jeden Zweifel spielte. Adèle war erschüttert, und beeindruckt. Das war ja auch eine ganze Menge für einen einzigen Tag.

«Du meinst, daß eine Bande von faschistischen Rentnern ... die Ermordung Alvaros befohlen hat!?»

«Zumindest den Überfall, was auf dasselbe hinausläuft. Das Problem ist, daß wir keinerlei Beweise haben.»

«Scheiße, das ist doch die Höhe, diese Geschichte! Wenn Théo das erfährt ... Und die Schere, was willst du damit?»

«Du sollst mir den Schädel rasieren. Verstehst du, wenn ich mich mit meinem guten, alten Pulpkopf präsentiere, macht Rosciolli sich gleich aus dem Staub.»

«Aber das ist doch hypergefährlich, du darfst da nicht hingehen! Stell dir mal vor, wenn die anderen auch aufkreuzen. Nach dem, was passiert ist, sind die doch bestimmt auf der Hut.»

«Sie werden nicht kommen, Adèle. Charveix hatte eine Scheißangst, er hat mich bestimmt nicht angelogen. Außerdem hab ich vorgesorgt.»

«Gut, okay, ich werd dir eine Glatze schneiden. Du bist schließlich alt genug ... Eigentlich schade, du hast so schönes Haar.»

«Das wächst ja wieder.»

Sie gingen ins Badezimmer. Pulp zog das Hemd aus. Sie bewaffnete sich mit einer Schere und einem Rasierapparat.

«Du mußt dich auf die Badewanne setzen, mein Junge. Am besten, du ziehst auch dein Unterhemd aus. Danach piekst es, und außerdem bin ich nicht so groß wie du.»

Pulp machte den Oberkörper frei und setzte sich mit dem Rücken zur Wand auf den Badewannenrand. Adèle ließ über seinem Kopf die Schere klappern.

«Tut es dir nicht leid?»

«Henker, tu dein Werk!» befahl er.

Adèle begann hier und da einzelne Strähnen abzuschneiden.

Wenn Cheryl sich auf seine Knie setzte, um sozusagen außerdienstlich seine Fransen zu schneiden, erwachte die Kreatur in der Arbeiterin, und es endete sehr schnell auf der rosa Tagesdecke, inmitten der Plüschkänguruhs, sie mußten mehrere Male von vorn anfangen und brauchten die ganze Nacht. Es hatte den Anschein, daß es auch mit Adèle ziemlich lange dauern würde, aber nicht aus den gleichen Gründen. Ihre Bewegungen waren ungeschickt, ihr Umgang mit dem Werkzeug schmerzhaft, offensichtlich gehörte sie nicht zur Sorte der kastrierenden Frauen. Sie trat nicht zu nah heran, stand gerade wie ein Strich, die Zunge zwischen den Lippen, konzentriert wie eine Schülerin. Pulp fand sie sehr anziehend, mit ihrer hellen Haut und ihrer rührenden Besorgtheit.

«Ich mag deine Fesseln ...», sagte er plötzlich.

Das Scherengeklapper über seinem Kopf verstummte. Adèle hielt den Atem an.

«Meine was?»

«Nun, deine Fesseln, deine Fußgelenke.»

«Aha.»

Das Klick-Klack ging zögernd weiter. Der große Flop. Er hatte das Gefühl, in einer Adrenalinwelle unterzugehen. Adèle machte weiter, nunmehr im Schnellgang und wich seinem Blick aus. Er mochte auch die Art, wie sie schmollte. Und dann, ohne Vorwarnung, Schluß mit dem Klick-Klack.

«Gabriel?»

«Ja.»

«Das eben, mit den Fesseln ... Wolltest du dich über mich lustig machen?»

«Nein, sie gefallen mir wirklich ...»

«Es ist immer dasselbe», sagte Adèle mit bebender Stimme.

«Immer wenn ich mich in einen Typen verliebe, hat er etwas an mir auszusetzen … Ich hab langsam die Schnauze voll.»

Die Schere zitterte dicht neben seiner Schläfe. Ihre Augen füllten sich mit Tränen. Pulp nahm ihr das Instrument aus der Hand und warf es in die Badewanne. Dann griff er vorsichtig nach ihrem Handgelenk. Er mußte unbedingt die kleine Träne vertreiben, die aus ihrem Augenwinkel tropfte.

«Adèle, ich muß dir was gestehen … Ich hab Lust auf dich. Seitdem ich dich gesehen habe, hab ich Lust auf dich, ganz einfach so … Verstehst du?»

Sie sah ihn erstaunt an. Eine Zehntelsekunde später, und das war vorbei. Er legte seine langen Arme um ihre Taille und zog sie an sich. Er spürte, wie sich ihre zierlichen Finger in seine Schulter krallten, ihr rechtes Bein legte sich um seine Hüfte und stützte sich auf der Wanne ab, das andere blieb auf dem Boden stehen. Adèles in die Jeans gezwängter Unterleib drängte sich gegen sein steifes Geschlecht. Sie griff mit einer Hand an ihren Nacken und löste die Spange, die ihre Haarflut freigab. Ein Zusammenstoß mit Pulps Arm, der versuchte, Adèles T-Shirt auszuziehen und gleichzeitig ein juckendes Haarbüschel von seinem Hals zu entfernen. Und dann mußten beide lachen. Ihr Lachen war hell wie ihre Haut, ihre Wangen waren gerötet, und ihre Brille begann auf die Nasenspitze herunterzurutschen, und dann, verdammt, zog sie sich plötzlich zurück …

«Ich habe auch Lust, Gabriel, aber …»

«Du willst lieber ins Schlafzimmer … Auch gut, diese Verrenkungen …»

«Nein, nein …»

«Du hast deine Tage …»

«Das auch nicht, du Idiot! Aber wir sind noch nicht fertig mit deiner Glatze …»

«Das machen wir später.»
«Du hast deinen Kopf noch nicht gesehen, die reinste Baustelle. Nichts Halbes und nichts Ganzes.»
«Mit einem Fascho-Schädel kriege ich wahrscheinlich eh keinen hoch.»
Adèle lachte und liebkoste seinen Hals. Dann spuckte sie ein Haarbüschel aus.
«Na gut, aber dusch erst mal, all diese Haare, das ist ja nicht auszuhalten.

In ihrem Schlafzimmer hingen drei Filmplakate. *Tatis Schützenfest, Bettkarriere einer Postbotin* und *Wenn der Postmann zweimal klingelt.* Geschenke von Kollegen zu ihrem dreijährigen Jubiläum als Aushilfspostbotin, als ob sie meinte, den Verdacht ausräumen zu müssen, sie stammten von einem ehemaligen Liebhaber. Sie lag unter der Bettdecke, nackt bis auf die Brille, die sie aufbehalten hatte, um sich an seinem Punk-Look zu ergötzen. Er sah wirklich aus, als ob er unter einen Rasenmäher geraten wäre. Außerdem brauchte sie die Brille, um die Präservative zu suchen, die Gott weiß wo lagen. Sie tollten ein bißchen herum und machten da weiter, wo sie aufgehört hatten. Er wußte nicht so recht, wie er sich bei diesem geschmeidigen und zierlichen Körper verhalten sollte, den er sofort bewundert hatte und der so gut zu ihrem engelhaften Gesicht paßte. Sie fragte sich, ob sie nicht blaue Flecken bekommen würde, wenn sie sich an dieses lustgeladene, ungelenke Gerippe schmiegte. Und dann vergaßen sie alles, er ihre Zerbrechlichkeit, sie seine Wildheit. Sie vögelten wie verrückt. Schreie. Leidenschaft. Zärtliches Geflüster unter den Armen, Geschmuse am Bauchnabel, das waren bürgerliche Vorspiele. Und dann fingen sie noch einmal von vorn an. Eine Gelegenheit, sich zuzulächeln und die Latexhülle mit dem Spermavölkchen zu beseitigen, bei dem man nie sicher sein konnte, ob es Le-

ben oder Tod mit sich brachte. Die dritte Runde, nach großem Gelächter über die glattrasierte Kugel, verlief so, wie Pulp vorausgesehen hatte. Adèle setzte ihm eine schwarze Perücke auf, aber selbst dann noch, nichts zu machen. Sie lachte sich halb tot, als sie versuchte, den geschwächten Muskel wiederzubeleben, und meinte, er sähe aus wie Bernard Tapie. Sie sagte: Einen steifen Schwanz kann man nicht bestellen, Papa, und Pulps haben nun mal wabbelige Glieder! Gabriel war ein bißchen beleidigt. So etwas konnte nur Cheryl sagen, die einzige Frau in seiner Galaxis, die selbst dann Stil hatte, wenn sie vulgär wurde.
«Wenn du mir deinen richtigen Namen gesagt hättest, hätte ich nicht auf Tintenfische angespielt.»
«Ich heiße Lecouvreur. Als Kind, in der Pause, haben mich meine Feinde ...»
«Hattest du viele Feinde?»
«Haufenweise. Der Höhepunkt war, wenn ich an ihnen vorbeiging, riefen sie: ‹He, du da! Ich hab Lecouvreur gesehen, er hat mir von dir erzählt!› Echt witzig, nicht?»
«Saublöd», meinte Adèle, die nicht so recht verstand, daß sein Name nicht nur auf einen Dachdecker hindeutete, sondern auch so was wie Deckhengst heißen konnte.
Als Pulp das Präservativ abzog, mußte er an das Riesenkondom vom Kriegerdenkmal in Charençon denken. Adèle erzählte ihm eine Geschichte, die sie von einem oppositionellen Stadtrat gehört hatte. Das Rathaus wurde neu gestrichen, Angèle Ceriseray hatte sofort den Farbton bemängelt und ihrem Gatten vorgeschlagen, das Rathaus mit einer Folie zu bedecken, bis man eine Farbe gefunden hatte, die besser zum umliegenden Platz paßte. Das wurde dann auch ruckzuck gemacht. Wo sie schon beim Thema waren, erzählte er ihr auch die Geschichte von Rosciolli und seinem «Neger», genauer gesagt, seiner «Negerin», von der er sich die Bilder malen ließ. Mit ihrer Formulie-

rung, daß seine Bilder so aussähen wie die von einer braven Hausfrau, hatte Adèle den Nagel auf den Kopf getroffen. Adèle meinte, daß erkläre vielleicht seine Malerei, aber das Ganze sei ein derartig dickes Ding, daß sie es kaum glauben konnte. Darüber schliefen sie ein. Adèle hatte den Radiowecker auf fünf Uhr gestellt, und das war bald.

PULP 39 und die Glatzen der Fraternité

Adèle war schon aufgestanden, er hatte sie nicht gehört. Sie hatte den Wecker für ihn auf sieben gestellt. Auf den Badezimmerspiegel hatte sie mit rotem Lippenstift geschrieben: *Sehen wir uns heute abend? Habe keine Lust zu warten, bis das wieder wächst.* Darunter: seine blanke Rübe, zwischen Punk und Irrenhaus. Das sah ja verboten aus. Gott, wie häßlich er war! Adèle war entweder ziemlich mutig oder ziemlich verliebt. Er wischte das Fragezeichen weg und schrieb: *Ich auch nicht.* Adèle. Er liebte den Klang ihres Namens.

Im Korb für schmutzige Wäsche fand er ein knallbuntes T-Shirt mit verwaschenen psychedelischen Farben. Wahrscheinlich ihr Nachthemd. Auf jeden Fall ein glaubwürdiges Kleidungsstück für einen Skin. Am Vortag hatte er noch an die Klamotten von Charveix gedacht, aber wenn Rosciolli ein gutes Gedächtnis hatte, würde es eine Katastrophe geben. Mit seiner Khaki-Hose, seinen Doc Martens, der Lederjacke und Adèles hautengem T-Shirt sah er aus wie alles mögliche, bloß nicht wie ein alter Linker. Mit dem Gelenkschützer und dem Totenkopf-Ring von Charveix war die Mutation vollendet. Das Hakenkreuz und den Nunchaku ließ er liegen, statt dessen nahm er die Schlinge und den Schlagring mit. Er setzte Adèles Perücke auf, tatsächlich, die Ähnlichkeit mit Tapie war verblüffend. Dann kramte er in seinem Zauberkasten für Notfälle und ließ nur «unverdächtige» Gegenstände zurück. Den Rest wikkelte er in ein Tuch und steckte ihn zusammen mit der Astra in eine Plastiktüte. Dann trank er einen starken Espresso und verließ die Wohnung, Adèles Duft unter seinen Achseln war eine virtuelle logistische Unterstützung.

Um 9.45 Uhr tauchte er aus der Metrostation Filles du Calvaire auf. Pedro erwartete ihn, mit einer Aktentasche in der Hand. Der Katalane lachte Tränen über seine Verkleidung. Pulp erklärte ihm die Einzelheiten der Angelegenheit und gab ihm das Foto von Rosciolli, das er aus dem *Journal de Charençon* ausgeschnitten hatte. Pedro prägte sich das Bild ein und steckte es in seine Aktentasche, dann ging er in Richtung Rue de Crussol, um das Terrain zu sondieren.
Um zehn kam Bip am Lenker eines alten grauen Ford Escort an, mit Carlos und drei Schwarzen. Die vier stiegen grinsend aus dem Wagen, Bip suchte ein Stück weiter nach einem Parkplatz. Carlos schlug mit der Handfläche auf die von Pulp.
«Ah, was für 'ne Freude, Pulp. Cendrine hat Yanissa wiedergefunden. Sie hat gesagt, daß du Bescheid weißt. Ihre Mutter und ihre Brüder besuchen sie gerade.»
«Super. Ja, sie wollte es ihnen selbst sagen.»
«Warte, das ist noch nicht alles. Ich hab's eben im Radio gehört. Die Keufs haben gerade einen Abstecher zu den Skins gemacht, mit Bereitschaftsbullen und allem, was dazugehört. Anscheinend haben sie Waffen gefunden ...»
«Diego ist ein Schlitzohr. Wie hat er das hingekriegt?»
«Diego ist heute morgen zu den arabischen und jüdischen Geschäftsleuten in der Gegend gegangen und hat erzählt, daß es in der Nacht eine Schlägerei mit den Nazis gegeben hat. Die Leute hatten die Schnauze voll, sie haben alle die Keufs angerufen. Das war nicht das erste Mal, wie es scheint, aber früher haben die Keufs keinen Finger gerührt, die Nazi-Skins sind ja keine Hausbesetzer.»

«Wir müssen trotzdem vorsichtig sein. Vielleicht hat Charveix noch Kumpel, die nicht in der Rue d'Hautpoul wohnen. Bleibt vorsichtshalber in der Nähe.»
«Alles klar, Pulp.»
«Wir treffen uns um fünf an der Gedenkstätte für Alvaro. Ich hoffe, dann hab ich eine super Überraschung für euch.»

Um 10.25 traf Pulp sich mit Carlos, unter einem Vorbau der Passage Saint-Sébastien, an der Einmündung des Boulevards Richard Lenoir. Er hatte eine Runde durchs Viertel gemacht und keinen einzigen Glatzkopf gesichtet. Pulp nahm die Plastiktüte mit der Astra aus seiner Tasche und gab sie Carlos. Er wollte die Kanone nicht mit sich rumschleppen. Die Perücke nahm er auch ab, steckte sie aber in die Unterhose, vielleicht würde er sie später noch brauchen. Carlos war schwer beeindruckt.
«Mensch, ich glaub, ich spinne!»
«So toll ist das auch nicht, Carlos, ich hab ganz schön Schiß.»
«Sag mal, der Keum, den du triffst, wer ist das?»
«Das möchte ich erst mal für mich behalten. Vertrau mir.»
«Gebongt, nach allem was du gemacht hast … Wir bleiben in deiner Nähe.»
Pulp ging als erster los. Er ließ sich Zeit und ging am Häuserblock der Rue de Malte entlang. Er ließ seine Muskeln spielen, um sich auf seine Rolle als Skin einzustimmen. An der Ecke der Rue de Crussol trat er mit seinen Stiefeln nach einem Kieselstein, streckte die Arme aus wie Bruce Lee und stieß einen wilden Schrei aus. Zum Glück war die Straße menschenleer. Um 10.35 Uhr, die Daumen in den Gürtel gesteckt, betrat er mit haßerfüllten Augen die Brasserie Woessinger an der Kreuzung Rue Oberkampf und Boule-

vard Voltaire. Die typische elsässische Einrichtung, Würstchen und Bier, ziemlich mies. Ziemlich leer. Pedro studierte bei einem Kaffee die Börsenkurse. Sein Zigarillo war angesteckt, das bedeutete, er hatte nichts Verdächtiges in den Toiletten im Keller gefunden. Pulp kümmerte sich nicht um ihn und setzte sich an einen allein stehenden Tisch, möglichst weit weg von der Theke. Er konnte die ganze Straße überblicken. Pedro klopfte leicht mit dem Feuerzeug an sein Zigarillo. Ein Zeichen, daß er den Speisesaal im ersten Stock inspiziert hatte und daß alles in Ordnung war. Mit ihm war alles ein Kinderspiel. Schade, daß Pedro so ein Stubenhocker war. Ein Kellner pflanzte sich vor ihm auf.

«Bring mir mal'n Kro.»

Ein Skin war grob, duzte jeden und soff das mieseste Bier. Der Ober brachte das Gewünschte, ohne eine Miene zu verziehen.

Die Brasserie war bekannt dafür, daß sie für Veranstaltungen rechtsradikaler Gruppen zur Verfügung stand. Wenn er all diese Treffen aufzählen wollte, wäre er glatt eingeschlafen. Der Chef des Ladens hatte zwar immer beteuert, nichts mit solchen Ansichten zu tun zu haben. Aber das hatte nicht verhindert, daß die Autonomen von SCALP und *Ras l'Front* während der Demos zwischen Nation und République ihm mehrfach die Scheiben eingeschmissen hatten. Wenn Rosciolli sich hier verabredete, zeigte er, wes Geistes Kind er war.

Um fünf vor elf blieb Carlos vor dem Fenster der Brasserie stehen und steckte sich eine Zigarette an: kein Skin, Brother. Die letzten zwanzig Minuten waren ihm wie Stunden vorgekommen. Er hatte das Gefühl, einen Eisbeutel auf dem Kopf zu haben, so kahl, wie er da oben war. Da er nicht auf die Toilette gehen wollte, trank er sein Bier in kleinen Schlucken.

PULP 40 *und die Glatzen der Fraternité*

Rosciolli kam Punkt elf. Er war etwa siebzig Jahre alt, nicht sehr groß, eher stämmig gebaut und hatte ein leicht aufgeschwemmtes Gesicht. Noch ganz gut in Schuß, der alte Knacker! Mit seinem zerzausten Haar und den wilden Augenbrauen sah er aus wie ein Zirkusclown. Er warf einen verstohlenen und leicht besorgten Blick in den Raum und näherte sich seinem Tisch. Pulp bemerkte erstaunt den dreiteiligen Alpaka-Anzug, den Spazierstock mit dem Silbergriff und die weißen Handschuhe. Tatsächlich, so konnte man ihn sich wirklich nicht vor einer Staffelei vorstellen. Rosciolli beugte sich herunter und flüsterte mit rauher Stimme:

«Ich bin das weiße Steinhuhn …»

«… ruhig in seinem Nest», beendete Pulp den Satz.

Rosciolli nahm gegenüber von ihm Platz und ignorierte seine ausgestreckte Hand. Charveix hatte nicht gelogen.

«Ist Ihr Mitarbeiter verhindert?» fragte er schroff.

Pulp gab ein möglichst skinhaftes Lachen von sich. Es fehlte ihm ein bißchen die Übung.

«Im Krankenhaus, der Mitarbeiter. Blinddarm … Letzte Nacht ging's los, er …»

«Gut, gut, das reicht … Wir …»

Rosciolli beugte sich vor und senkte die Stimme, obwohl die umliegenden Tische nicht besetzt waren.

«In Anbetracht der Qualität Ihrer Dienste haben wir … haben wir eine kleine Prämie dazugelegt, ich möchte meinen … sogar eine recht ordentliche!»

«Ach ja? Das is ja geil, ey!»

«Das ist … geil. In der Tat. Hier.»

Rosciolli schob einen zugeklebten Umschlag über den Tisch. Pulp nahm ihn auf und stieß wieder sein Gelächter aus. Er wog ihn in der Hand, riß den Umschlag auf, warf ei-

nen Kennerblick auf die Knete und fuhr mit den Fingern darüber. Ein Haufen Tausender, ganz neu.
«Sie können nachzählen, wenn Sie wollen.»
«Aber doch nicht bei Ihnen, ey!»
Rosciolli schien das zu gefallen. Pulp beugte sich zu ihm rüber und sagte in bester Gert-Fröbe-Manier:
«Mein Gott, es ist ein Vergnügen, mit Ihnen zusammenzuarbeiten! Und zwar, wann immer Sie wollen!»
Rosciolli zwang sich ein Lächeln ab, der alte Affe beherrschte die Kunst der Verstellung, im Grunde hätte er ihm lieber den Stock in die Fresse geschlagen. Die Ankunft des Kellners sorgte für eine Unterbrechung.
«Ah, guten Tag, Monsieur!»
Das richtete sich offensichtlich an einen Stammgast.
«Was trinkt man zu dieser Stunde bei Ihnen?» fragte Rosciolli, plötzlich ganz entspannt.
Pulp fragte sich, an wen sich diese Frage richtete. In bester Skinmanier sagte er:
«Ne gute Flasche französischen Schampus, Monsieur.»
«Nun gut, aber nur eine halbe.»
Rosciolli umklammerte den Knauf seines Stocks und stand auf.
«Aber … Sie gehen schon!»
«Wollen Sie noch etwas?»
«Nein, aber …»
«Ich auch nicht, junger Mann. Trinken Sie Ihren … Schampus für mich mit! Falls notwendig, werden wir wieder mit Ihnen Kontakt aufnehmen, auf demselben Weg wie beim letztenmal.»
Rosciolli machte sich nicht die Mühe, sich zu verabschieden, und ging zum Ausgang. Pulp sah, wie Pedro aufstand und sich in Richtung Untergeschoß begab. Er schob den Umschlag in seine Tasche, legte einen Fünfzig-Franc-Schein auf den Tisch und ging ebenfalls zur Toilette. Das

Herrenklo war leer. Pedro hielt die Hände unter den Wasserhahn. Sein Zigarillo glimmte auf dem Rand des Waschbeckens vor sich hin. Pulp legte den Umschlag daneben, und Pedro steckte ihn sofort in seine Aktentasche. Dann nahm er sein Zigarillo wieder auf und ging ohne ein Wort fort.

Pulp erleichterte pfeifend seine Blase. Rosciolli hatte alles geschluckt. Das Geld war in sicheren Händen, er hatte volles Vertrauen zu Pedro. Dann wurde er plötzlich nervös. Das war alles zu glatt gelaufen. Charveix hatte nicht gelogen, was die Übergabe betraf, aber wie ging es weiter? Er hatte bestimmt Kumpel, die nicht in dem Loft wohnten. Und wenn sie auf dem laufenden waren, waren sie bestimmt nicht so dämlich, sich vor dem Treffen zu zeigen: Rosciolli, auf der Hut, mochte vorgesorgt haben, und dann, Geld ade … Als er wieder oben war, bemerkte er, daß das Lokal sich zu füllen begann. Pedro war verschwunden. Einige Stammgäste an der Bar warfen ihm konsternierte Blicke zu. Draußen schien die Sonne, keine Glatze in Sicht. Verdammt, das war wirklich zu schön! Er sah Carlos und Bip, die auf der anderen Straßenseite beim Taxistand an der Ecke standen. Er ging über die Rue Oberkampf und stieß ziemlich unsanft mit einem Fußgänger zusammen.

«He! Entschuldigung is' nich', was? Verdammter Skin!»

Er zuckte zusammen. Der Skin, das war er. Er mußte so schnell wie möglich seine Perücke aufsetzen.

«Hörst du nicht, du Scheißhaufen von Le Pen!»

Nun standen schon zwei neben ihm, ein Langhaariger und ein Rasta. Er stolperte über die Bordsteinkante. Da mischte sich noch ein dritter ein und dann ein vierter, ein Schwarzer und ein Punk. Wie es aussah, sollte er für alle Hooligans dieser Erde büßen …

«Los, verpiß dich!»

Der Ton war rauh, und der Typ packte ihn am Arm. Er grinste in bester Skinmanier, probeweise, aber das machte die Sache nur noch schlimmer. Sein Blick verschwamm, und es begann in seinem Kopf zu sirren, jetzt war es, als ob ein ganzer Gletscher auf seiner Glatze läge, er hatte einen trockenen Hals, es war wirklich bescheuert, sie auch noch aufzustacheln. Und diese verdammte Tasche ging nicht auf! Die Typen packten ihn, ohne lange zu fackeln, unter den Armen und drückten ihn gegen die Seitentür eines Lieferwagens. Sie knallten ihn so heftig dagegen, daß die Tür aufsprang und er hineinstürzte. Der Wagen fuhr sofort los.

«He, Leute, seid ihr sicher, daß ihr den richtigen erwischt habt?» Die Stimme hatte einen grauenhaften südfranzösischen Akzent.

«Also so was, der Fort Escort hinter uns demoliert uns die Stoßstange! Kruzitürken! Aber den Leuten in Paris ist das ja scheißegal!»

Er öffnete die Augen. Er saß in einer grünen Minna, umgeben von fröhlichen Typen in dunkelblauen Uniformen ohne Mützen, die alle Briefträgertaschen umgehängt hatten.

«Ihr habt euch nicht getäuscht», antwortete eine weibliche Stimme, «das ist er.»

Zum Teufel, diese Stimme kannte er.

«He, Pulp, was hast du letzte Nacht gemacht? Du träumst ja noch!»

Er legte eine Hand auf seinen glatten Schädel.

«Adèle!»

«He, das ist ja mein Hemd!»

Um ihn herum ein sintflutartiges Gelächter.

An der Place de la Bastille kam Pulp langsam wieder zu sich. Adèle bekämpfte seinen Schock mit drei Zuckerwürfeln und einem Spritzer Kondensmilch, das sollte ihm eine Lehre sein, mit leerem Magen loszuziehen. Er schluckte alles brav hinunter, nannte sie eine «Postbotin des Chaos», aber sie verteidigte sich hartnäckig, sie hatte es doch nur gut gemeint. Überzeugt davon, daß er sich unbedacht ins Abenteuer stürzte, hatte sie beim Hauptpostamt von Charençon angerufen und sich krank gemeldet. Dann war sie zum Postamt Charonne geeilt und hatte ihre Freunde mobilisiert, eine solche Angst hatte sie um ihn gehabt ... Das war wirklich rührend. Sie fiel ihm um den Hals. Er vergab ihr an Ort und Stelle, unter den bewegten Blicken der anderen. Der Fahrer hielt im Viertel Quinze-Vingts in der Rue de Charenton, und einige Briefträger stiegen aus. Die Postzustellung im 11. Arrondissement mußte ziemlich durcheinandergeraten sein. Pulp stieg ebenfalls aus und erklärte Carlos, der ihnen mit dem Ford Escort gefolgt und mit den Nerven am Ende war, das Mißverständnis. Carlos gab ihm die Tüte mit der Astra zurück, und sie brachen, ohne zu zögern, nach Charençon auf.

PULP 41 *und die Glatzen der Fraternité*

Kurz nach zwölf hielt der **gelbe Postwagen** vor der Villa Rosciolli und fuhr gleich wieder an, nachdem Gabriel ausgestiegen war. Pulp war mit seiner Perücke und seiner Briefträgermontur, die er von einem Freund Adèles bekommen hatte, kaum zu erkennen. Er klingelte bei dem Maler, erstaunt, daß die Wachtposten nicht mehr da waren. Vielleicht hatten die Polizisten samstags frei.

«Einschreiben für Monsieur Rosciolli!»

«Er ist nicht da.»

«Génessier?»

«Ja.»

«Ich hab Neuigkeiten von Attila. Mach auf, Alter!»

Der elektrische Portier klackte sofort. Pulp ging die Allee hinauf.

Loïc Génessier war in einem erbarmungswürdigen Zustand, unrasiert und halb tot vor Sorge um seinen Hund. Er hatte Krach mit seiner Frau, die ihn andauernd anrief, sie hatte langsam die Nase voll von diesem Kerl, der sie zu Hause sitzenließ und sicher in irgendwelche dunklen Geschäfte verwickelt war …

«Deine Frau hat recht», meinte Pulp. «Dein Chef ist nicht sauber. An deiner Stelle würde ich auf der Stelle abhauen. Das Haus wird sicher bald von den Experten der DEA auf den Kopf gestellt.»

«Was ist denn das für ein Verein?»

«*Drug Enforcement Administration.* Die amerikanischen Rauschgiftfahnder.»

«Die Rauschgiftfahnder!»

«Hast du dich jemals gefragt, warum dieser Maler so wenig malt?»

«Äh, Scheiße, also …»

«Tut mir leid, die Sache mit deinem Hund. Er ist in einer Stunde wieder zu Hause. Du bekommst demnächst Schadensersatz aus einem Sonderfonds. Man wird auch einen Job für dich finden, also mach dir keine Sorgen, hau ab.»

«Aber warum haben Sie mir das nicht schon vor ein paar Tagen gesagt! Ich wär' doch keine Minute länger in dieser Bude geblieben!»

«Eben. Wir durften keinen Verdacht erregen. Aber jetzt haben wir ihn. Also los, geh zu deiner kleinen Familie.»

Génessier ließ sich das nicht zweimal sagen.

Als er zehn Minuten weg war, klingelte es an der Tür. Gabriel betätigte den elektrischen Spion. Rosciolli erschien auf Bildschirm Nummer 3.

«Alles in Ordnung, Génessier?»

«Alles in Ordnung, Monsieur.»

Pulp drückte auf den Knopf und empfing ihn in der Halle. Außer seinem Gehstock hatte der alte Knacker noch eine Aktentasche und einen Reisekoffer.

«Aber … Wer sind Sie denn?»

«Der Briefträger, das sehen Sie doch.»

«Wo ist Génessier?»

«Er hat ein bißchen Angst bekommen.»

«Was wollen Sie von …»

Rosciolli brachte seinen Satz nicht zu Ende. Gabriel hatte seine Perücke abgenommen.

«Sie sind sehr großzügig zu Ihrem Briefträger. Das ist gut.»

Rosciolli wurde blaß. Er setzte seinen Koffer ab und ließ den Stock fallen. Pulp hob ihn auf. Rosciolli griff nach seinem Arm, um ihn wiederzubekommen. Gabriel sprang zurück.

«Geben Sie mir meinen Stock, Sie Verbrecher!»

«Ach nee! Du Sonntagsmaler, was glaubst du, wo du bist?»

Pulp drückte auf einen Auslöser, der unter dem Griff verborgen war. Eine Stahlspitze glitt aus dem Stockende heraus. Nach einem weiteren Druck auf den Auslöser verschwand sie wieder.

«Genau wie ich mir gedacht habe … Womit tränken Sie Ihren Bulgarischen Regenschirm? Zyankali? Curare? Arsen?»

«Wie sind Sie hier hereingekommen?»

«Malen Sie Ihre Bilder mit diesem Ding hier? Kein Wunder, daß Sie einen ‹Neger› brauchen!»

«Was reden Sie für einen Unsinn, mein Lieber.»

«Sie sollten nicht mit solchen Nieten wie Charveix zusammenarbeiten, Rosciolli.»

«Haben Sie sie unterwandert, ist es das? Sie wollen mehr Geld!»
«Was Sie mir gegeben haben, reicht kaum für die Spesen. Die Familie von Alvaro Pereira will nicht, daß er in der Erde des Landes begraben wird, in dem er ermordet wurde. Wissen Sie, was die Überführung eines Leichnams nach Kap Verde kostet?»
Rosciolli runzelte die Stirn. Der Zirkusclown mutierte langsam zu Dracula.
«Das macht etwa siebzigtausend Franc, Rosciolli. Du mußt zahlen, Alter.»
«Sie haben wohl zuviel Schampus getrunken, mein Lieber.»
«Hör auf, mich ‹mein Lieber› zu nennen, du Arsch! Das ist ja ein hübsches Geschenk, das Sie dem Bürgermeister machen! Mitten im Wahlkampf, das ist wirklich nicht nett.»
«Was hat der Bürgermeister damit zu tun?»
«Jedenfalls hat er Sie fallengelassen … Wie Sie gesehen haben, hat er bereits die Wachen abgezogen. Vielleicht kann Ihnen seine Gattin Angèle aushelfen. Wo Sie sich doch so viel Mühe gegeben haben, ihr Werk bekanntzumachen …»
Dieser Schlag hatte gesessen. Das alte Vampir-Leiden befiel ihn wieder. Pulp schlug den Nagel noch tiefer hinein. Fehlten nur noch Knoblauch und das Kreuz.
«Ich sage Ihnen, warum Sie ein Rassist sind, Rosciolli … Auch wenn das nur einer von vielen Gründen sein mag … Ihr ganzes Leben haben Sie Ruhm geerntet, der Ihnen nicht zustand, sondern einem ‹Neger›, der für Sie gemalt hat. Ganz nebenbei haben Sie die Dame auch noch vernascht …»
«Das genügt!» stöhnte der Maler.
«Schnauze! Also haben Sie begonnen, *alle* anderen *Neger*

zu hassen, die echten NEGER, in Großbuchstaben, während Ihr persönlicher Neger nur ganz klein geschrieben wurde. So klein, wie das *minus habens*, das Sie immer geblieben sind. Sie, als Spaghettifresser, sollten doch wohl Latein verstehen, oder?»

«Ich habe ja schon viel dummes Zeug gehört, aber das …»

«Wenn Sie wollen, kann man die Sache auch anders betrachten. Bleiben wir bei den Negern … Diese Neger machen Krach! Vor allem während des Karibischen Karnevals. Also haben Sie diese Vereinigung gegründet, mit Hilfe Ihres Freundes Ceriseray, der die Gelegenheit genutzt hat, um seinen Wählern Honig ums Maul zu schmieren. Sie haben an Chirac geschrieben und ihn gebeten aufzuräumen. Nur, Chirac ist vielleicht ein bißchen empfindlich, was den Geruch von arabischen Würstchen in seiner Nachbarschaft betrifft, aber Ihre Probleme sind ihm piepegal … Da haben Sie die Sache selbst in die Hand genommen. Sie haben einen Ex-Bullen gebeten, mit seinen Skinfreunden eine kleine Schlägerei zu inszenieren. Und da Charveix mit Alvaro Pereira noch eine Rechnung zu begleichen hatte, hat er ihn in die Falle gelockt. Vielleicht wäre auch seine kleine Schwester dabei draufgegangen, wenn sie sich nicht gewehrt hätte.»

«Sie haben keinerlei Beweis, mein Lieber.»

«Ich habe ein volles Geständnis, Sie Trottel. Charveix ist ein Müllhaufen, aber er ist nicht doof, er hat schnell begriffen, was besser für ihn ist. Außerdem habe ich Ihren letzten Brief an die liebe Edmée de Jonchy … Ganz zu schweigen von der Aufzeichnung unseres Gesprächs bei Woessinger. Tja, die Brasserie ist auch nicht mehr das, was sie mal war! Stellen Sie die Aktentasche ab und ziehen Sie Ihre Jacke aus!»

Rosciolli wollte in die Innentasche seines Jacketts greifen.

«Wieviel wollen Sie?» flüsterte er mit gebrochener Stimme.
Pulp richtete den Stock auf ihn und drückte auf den Auslöser.
«Deine Kohle ist mir scheißegal. Los, mach schon, aber beweg dich vorsichtig.»
Rosciolli gehorchte und wand sich dabei, als ob er am Boden festgeklebt wäre. Mit dem Zeug an der Stahlspitze war wohl nicht zu spaßen. Pulp trat mit dem Fuß gegen die Aktentasche und das Jackett. Dann bückte er sich und durchsuchte die Jackentasche. Keine Schußwaffe, das war nicht Rosciollis Stil. Er nahm ein Schlüsselbund heraus und steckte es ein.
«Ich nehme an, da ist auch der Schlüssel für das verschlossene Zimmer im Erdgeschoß dran ...»
«Was glauben Sie denn? Daß ich da einen Schießstand habe?»
«Los, ab in die Küche. Keine Dummheiten, ich kenne den Weg.»
Rosciolli ging durchs Eßzimmer in die Küche. Er atmete heftig. Pulp schob ihn zu dem alten Herd.
«Jetzt auf die Knie!»
Rosciolli gehorchte. Seine Gelenke knackten leise. Er wandte sich um:
«Zu welchem Dienst gehören Sie, verdammt noch mal?»
«Nicht umdrehen, klar!»
«Meine Freunde werden Sie fertigmachen», sagte Rosciolli und senkte den Kopf.
Das war ein Wort zuviel.
Pulp warf den Stock weg und betäubte den Alten mit einem Handkantenschlag ins Genick. Rosciolli hatte den Schlag nicht kommen sehen. Im Vergleich zu seinem Gorilla war er ein Federgewicht. Dann fesselte er ihm Hände und Füße auf den Rücken, mit der Nylonschnur, die Gé-

nessier zurückgelassen hatte. Langsam bekam er Übung darin. Er zog ihm die weißen Handschuhe aus und streifte sie über. Zwei Minuten später war er an der verschlossenen Tür. Der Schlüssel war schnell gefunden. Ein ganz gewöhnliches Sicherheitsschloß. Die Tür war mit einer Stahlplatte gepanzert. Keine Alarmanlage. Roscioli hatte allerdings genug Zeit gehabt aufzuräumen. Er trat ein. Das Zimmer war völlig abgedunkelt. Der Lichtschalter war leicht zu finden. Ihm fielen fast die Augen aus dem Kopf. Er war eine ganze Weile wie erstarrt, bevor er sich wieder bewegen konnte. Der reine Wahnsinn.

PULP 42 und die Glatzen der Fraternité

Zur gleichen Zeit betraten Cendrine und Yanissa das Verlies von Charveix, zu dem Don Quijote sie geführt hatte.

Nach der Nacht, die sie engumschlungen wie Zwillingsschwestern in jenem Zimmer verbracht hatten, das nach Lavendel und Großmutter-Bonbons roch, ging es Yanissa wieder besser. Ihre Wunde heilte gut. Cendy hatte sie mit Küssen überschüttet, bis sie einschlief wie eine Blume. Der Geruch von Kaffee und Croissants hatte sie geweckt, und auch das Geräusch einer Schreibmaschine, auf der Cendy etwas tippte. Sie hatte heiß geduscht, zum erstenmal seit der Schreckensnacht. Cendrine hatte ihr den Rücken und den restlichen Körper massiert und ihre Zöpfe neu geflochten. Yanissa wollte mit ihr in diesem Haus bleiben, solange es nötig war. Es war schön hier. Aber sie wollte ihre Mutter und ihre Brüder sehen. Und als sie kamen, hatte es lange Phasen des Schweigens gegeben, unterbrochen von Tränenausbrüchen, wenn Alvaros Gesicht auf dem von Mario erschien und wenn Alvaros Stimme aus Diegos Mund sprach. Man hatte sich viel umarmt, wenig gesprochen. Alvaros Name war kein einziges Mal gefallen, aber das Zimmer war voll von ihm. Als die anderen gegangen waren, war nur Alvaro bei ihr geblieben, und sie hatte *gesehen*, wie er sein Blut verlor, stumm, mit einem ekstatischen Blick, und da war er ein zweites Mal für sie gestorben.

Yanissa blieb erstarrt in der Tür stehen. Sie hatte lange gezögert herabzusteigen, und sie hatte ein Kopftuch und eine dunkle Brille aufgesetzt. Cendrine hatte sich der Matratze genähert und dem Skinhead ein Stück Papier, eine Unterlage und einen Stift hingelegt. Charveix hatte sich abgewandt und die Augen mit seiner gefesselten Hand bedeckt. Als er Cendrine eintreten sah, schien er zunächst erleichtert zu sein. Er hatte offenbar mit jemand anderem gerechnet. Er war in einem erbärmlichen Zustand. Die rechte Augenbraue war aufgeschlagen und die Oberlippe hatte einen Riß. Don Quijote, sicherlich. Er nahm das Blatt, hob es zitternd zur Petroleumlampe und las murmelnd:

Ich, Mickaël Charveix, gestehe, daß ich in der Nacht vom 8. zum 9. April 1994 ohne jeden Grund Cendrine Mazuy und Yanissa Pereira im Kommissariat von Charençon-le-Plomb eingesperrt habe, und zwar zusammen mit meinem Kollegen Toussaint Chamoullo. Ich gestehe ferner, daß ich in eben dieser Nacht gemeinsam mit demselben Kollegen versucht habe, Yanissa Pereira zu vergewaltigen.

«Wenn Sie hier rauswollen, müssen Sie unterschreiben», sagte Cendrine.

Charveix beugte sich nieder, legte die Unterlage auf sein Knie und unterschrieb. Cendrines Miene verdüsterte sich, als sie sah, wie er einen Nachsatz dazuschrieb. Er konnte nie genug kriegen. Als er fertig war, legte er das Blatt und den Stift auf das Bettende. Cendrine nahm es und las. Sie wurde aschfahl.

«Was hat er geschrieben?» flüsterte Yanissa.

Cendrine antwortete nicht. Sie faltete das Blatt zusammen,

als ob diese schlichte Geste alle Bosheit dieser Welt beiseite wischen könnte.
Yanissa sah sich im Zimmer um und kreuzte den höhnischen Blick des Skinheads. Sein verzerrter Mund und sein spöttisches Grinsen war wie ein Schlag ins Gesicht. Plötzlich war ihr alles klar. Das konnte nur eine Fortsetzung des Schreckens sein, den sie auf dem Kommissariat erlebt hatte. Das Böse warf seinen Schatten bis auf dieses Blatt Papier. Das Böse war unausrottbar. Und wenn sie bis zum Ende ihrer Tage kein Auge mehr zumachen sollte, sie mußte das lesen, sonst hätte sie einen Alptraum mehr, und ihr Gefängnis wäre nicht größer als dieses hier.
«Gib es mir, bitte», beschwor sie Cendrine.
Charveix rülpste. Die große Skinvorstellung.
«Laß sie ruhig lesen, du Schlampe. Das wird deiner Freundin Spaß machen.»
Yanissa riß Cendrine das Blatt aus den Händen, entfaltete es und las:
Ich gestehe auch noch, daß ich Alvaro Pereira umgelegt habe, den Bruder der schwarzen Nutte, und ich scheiß auf euch alle, ich fick das ganze Araber-, Nigger- und Judenpack. Er hat recht, ihr wißt schon, wen ich meine, und wenn er an die Macht kommt, heißt das für euch KZ oder ab ins Flugzeug, ihr schwarzen Ärsche.

Yanissa gab Cendrine das Papier zurück und stürzte sich heulend auf Charveix. Der Skin wollte sich wehren, aber die Handschellen behinderten ihn. Yanissa schlug ihm ins Gesicht. Da rollte er sich zusammen, um weiteren Schlägen auszuweichen. Also schlug sie ihm mit der flachen Hand auf den Rücken, dann nahm sie beide Hände, als ob sie eine Trommel schlagen würde, dann die Fäuste, immer stärker, und das Schwein wehrte sich nicht einmal, als ob die Schläge ihm gar nichts ausmachten. Der Kerl war wie ein Krebsgeschwür, unbesiegbar. Sie hielt ebenso plötzlich

inne, wie sie begonnen hatte. Dann begann sie noch einmal, noch stärker, sie prügelte ihren ganzen Haß heraus. Und hielt wieder inne. Das Geschwür war zusammengeschrumpft. Aber damit war es nicht vorbei, das würde wieder losgehen, sie wußte es. Cendrine, die sich im Hintergrund gehalten hatte, zog sie am Ärmel fort, und sie gingen auf den Flur.
«Scheiße, was soll man bloß mit diesem Schwein machen?» sagte Yanissa weinend. «Sag, Cendy, was kann man mit *so was* anfangen?»
«Komm, wir gehen», flüsterte Cendrine.

PULP 43 *und die Glatzen der Fraternité*

Pulp konnte sich kaum von seinem **Schock** erholen. Das Zimmer war etwa drei mal drei Meter groß. Drei der vier Wände waren vollständig bemalt. Die beiden Seitenwände und die Wand an der Straßenseite; der Raum hatte keine Fenster. Ölgemälde auf Leinwand. Die Beleuchtung kam von drei starken Halogenleuchten, die an der freien Wand angebracht waren, auf der Seite des Treppenhauses. In der Mitte des Raumes eine lederbezogene Bank.
Pulp war in einem anderen Rosciolli-Museum, dem wahren.
An der mittleren Wand befand sich eine Komposition in der Art von Bruegel dem Älteren. Eine Vielzahl pittoresker Personen tummelte sich in einer ländlichen Umgebung. Außerdem gab es Tiere, Vögel, alles war ziemlich derb. Rosciolli hatte mehrere Gemälde des flämischen Malers als Vorlage genommen. Als Kopist war er wirklich talentiert. Nur daß er die Jahreszeiten und Sujets willkürlich durcheinandergewürfelt hatte. Da wurde Heu eingefahren, gepflügt, gejagt, gerodelt, da wurden Bäume beschnitten und Äpfel geerntet, es gab Freß- und Saufgelage. Aber nicht nur

das war ungewöhnlich ... Die Karren und Pflüge wurden nicht von Pferden gezogen, sondern von Schwarzen, die von Bauern gepeitscht wurden, die wie Wikinger aussahen ... Alle, die schufteten, waren Farbige mit Ketten an den Füßen; alle, die lachten, tranken oder den Mädchen nachstellten, waren kernige Weiße ... Das Joch der schwarzen Wasserträgerinnen hatte in der Mitte einen Ring, der ihnen den Hals abschnürte ... Im Hof eines Bauernhofs teilten sich die Schweine ihren Koben mit zerlumpten Alten ... Auf dem Dorfplatz wurden halbnackte junge Mulattinnen an dickbäuchige Herrenmenschen versteigert ... Und so ging es weiter.

An der rechten Wand ein Diptychon in der feurigen Manier von Rubens. Links eine Kreuzigung. Aber die Christusfigur war ein Farbiger, ebenso seine beiden gekreuzigten Nachbarn. Die römischen Legionäre hatten sich nicht darauf beschränkt, seine Flanke mit einer Lanze zu durchbohren. Vom Brustbein bis zu den Geschlechtsorganen hatten sie ihm den Bauch aufgeschlitzt. Die Eingeweide quollen heraus. Die Römer hatten ihm auch noch Nägel unter den Knien, in die Ellbogen und die Schulterblätter geschlagen. Der schwarze Christus hatte nicht, wie üblich, einen verklärten Gesichtsausdruck, sondern schrie vor Schmerzen ...

Der rechte Teil war eine Kreuzabnahme Christi. Christus lag auf einer Decke. Hier war er wieder weiß, hatte seinen leuchtenden Bart, seine Dornenkrone und seine Stigmata. Die Position von Maria Magdalena, lasziv zwischen seinen Schenkeln gekauert, mit niedergebeugtem Kopf, ließ keinen Zweifel an der Art der Behandlung, die sie ihm angedeihen ließ. Ihr langes pechschwarzes Haar verdeckte die Wunde in der Flanke des Christus. Martha, die hinter Jesus kniete, lachte über die Bemühungen der Prostituierten. Im Hintergrund, etwas beiseite, Maria, betend, aufrecht stehend, mit gefalteten Händen, die Augen gen Himmel gerichtet, während eine verschwommene Gestalt versuchte, ihre Inbrunst zu stören, und ihr den Arm um die Hüften legte.

Pulp fragte sich, welche psychoanalytische Deutung für diese Interpretation wohl angemessen wäre, und sah sich die linke Wand an.

Das dritte Machwerk nahm die Idee des berühmten Bildes *Die Erschießung der Aufständischen* von Goya auf. Das Hinrichtungskommando bestand nur aus zwei Soldaten. Die acht Verurteilten, die wie Berber aussahen, brachen deshalb nacheinander zusammen. Die einen waren an ihren Pfosten herabgesunken; die anderen warteten noch auf den Tod. Einer, der gerade getroffen worden war, der vierte, wand sich in schrecklichen Todesqualen, die beiden Kugeln hatten ihn nicht getötet. Sein Nebenmann, der dem Tod gefaßt ins Auge blickte, war ein genaues Abbild von Goya, auf seinem Gesicht war derselbe starre Schrecken abzulesen. Der nächste hatte die Augen verbunden. Der letzte, ganz links, mit einem Kaftan bekleidet, hatte die Züge von Yassir Arafat.

Pulp blieb noch einen Moment vor dem «Goya» stehen, angewidert und zugleich fasziniert. Er konnte sich kaum rühren. Dann sah er sich noch einmal das «Bruegel»-Bild an. Er hoffte eine Öffnung zu finden, wo das Rundfenster sein mußte, aber da war nichts. Das Bild war in einem Stück an der Wand befestigt, man konnte es in keiner Weise bewegen oder abnehmen. Das Fenster war von innen zugemauert. Trotzdem konnten die Schüsse aus dem Nachbarzimmer gekommen sein. Oder vielleicht sogar aus einem anderen Haus. Wie ein Idiot hatte er sich in eine falsche Idee verrannt.

Er ging aus dem Zimmer, ließ die Tür offen und stieg zum Atelier im ersten Stock hinauf. Auf der Staffelei ein unvollendetes Aquarell von einem Park. Er durchsuchte die Schreibtischschubladen, ohne zu wissen, wonach. Nichts. Rosciolli war nicht verrückt. Er nahm das Telefon, das auf dem Schreibtisch stand, und rief seinen Kontaktmann beim *Parisien* an. Anrufbeantworter. Diese Sensation war bestimmt etwas für die Leute von *Charençon-sans-Plomb*. Er erwischte Francis im Roussillon.

«Schnapp dir einen Fotoapparat und komm zu Rosciolli, ich habe eine Riesensensation. Noch besser wäre ein Camcorder.»

«Was ist das für eine Sensation?»

«Verdammt, Francis, da kommst du nicht im Traum drauf!»

«Und was machst du mit den Wachposten?»

«Es gibt keine Wachen mehr. Los, beeil dich, und red nicht groß rum. Das geht mir auf den Geist.»

«Gut, gut, ich komme. Bist du allein?»

«Ich hab alles im Griff, Francis. Komm schnell.»

Gabriel ging durch die Küche. Gut, daß der Typ gefesselt war, er hatte ein wenig Angst, diesem Ungeheuer wieder gegenüberzutreten. Aber zugleich eine derartig gespaltene Person, die Neugier trieb ihn voran. Rosciolli mußte inzwischen wieder aufgewacht sein. Er stieß die Tür zur Abstellkammer auf.

Der alte Knacker war wieder zu sich gekommen. Und hatte sich endgültig davongemacht.

Er lag zusammengesunken auf dem Kachelboden, mit weißem Schaum auf den Lippen.

Zyankali.

Pulp trat ihm auf die Hand. Im Film taten die Schurken oft so, als hätten sie sich abgemeldet, und dann im nächsten Moment … Aber nein, der Tod hatte sein Werk getan.

Schnell aufräumen. Die Fesseln abmachen. Die Schnur beseitigen. Die Spuren im Kabuff verwischen. Den Leichnam und den Koffer in den Salon schaffen. Ihm das Alpaka-Jackett wieder anziehen. All das dauerte etwa zehn Minuten. Dann ging Pulp in die Kommandozentrale. In der Brieftasche fand er unter anderem achttausend Franc in Fünfhunderter-Scheinen, eine Mitgliedskarte von *Franc National*, eine weitere vom *Cercle de la Renaissance* und den handgeschriebenen Text *Gebet eines Fallschirmspringers*, ein Schmuckstück der französischen Poesie. Er steckte die Karten und die Knete ein. Als er sich der Aktentasche zuwandte, klingelte das Telefon. Er zögerte. Was hätte ein Typ wie Bogart an seiner Stelle gemacht? Er hob ab. Eine Frauenstimme, ziemlich rauh, fragte nach Monsieur Rosciolli.

«Er ist noch nicht wieder da. Wer spricht da, bitte?»

«Madame Edmée de Jonchy ...»

Hier brauchte er nicht nach Bogart rufen.

«Ach ja, er hat eine Nachricht für Sie hinterlassen.»

«Eine Nachricht? Warum hat er mich denn nicht angerufen?»

«Ich weiß nicht, Madame. Er hat sich kurz vor Mittag gemeldet und mir nur gesagt, daß er Probleme mit den Leuten hätte, die er heute vormittag treffen wollte. Er bittet Sie, einen Moment ... ihn in der Rue d'Hautpoul, im 19. Arrondissement, zu treffen. Die große Glastür im Hinterhof. Man erwartet Sie dort. Haben Sie mitgeschrieben?»

«Aber wer ist das, *man*?»

Madame de Jonchy stand kurz vor einem Herzanfall.

«Ich weiß nicht, Madame. Er hat nur noch gesagt, wenn Sie nicht kämen, gäbe es eine Katastrophe, ich ...»

Aufgelegt.

Pulp legte den Hörer wieder auf. Diesmal war der Fuchs im Hühnerstall.

Er machte sich gleich wieder über Rosciollis Aktentasche her. Aktendeckel. Offenbar eine Menge Post. Für *Cha-*

rençon-Sans-Plomb ein gefundenes Fressen. Und ein großer brauner Umschlag mit knisternden Tausendern, fast genauso dick wie der am Morgen. Etwa hunderttausend Franc! Er brachte ihn in der Innentasche seiner Postlerjacke in Sicherheit. Endlich klingelte es an der Tür. Francis hatte ziemlich lange gebraucht. Er schloß die Aktentasche und betätigte die Fernsteuerung für das Guckloch an der Tür. Die Gestalt auf Videobildschirm Nummer 3 war nicht Francis.

PULP 44
und die Glatzen der Fraternité

Etwa dreißig Leute hatten sich um den improvisierten Trauerschrein versammelt, und es kamen immer noch mehr. Pulp hatte zwar gesagt, sie sollten um fünf Uhr kommen, aber sie kamen schon früher. Auch die vertraute Silhouette von Don Quijote mit seinem Einkaufswagen erschien in der Avenue des Bartavelles. Er trat zu ihnen. Sein Einkaufswagen war voller Zeitungspapier. Aus den Tiefen seines Mantels zog er eine lange Kerze hervor und steckte sie an einer anderen Kerze an, dann stellte er sie auf den improvisierten Altar. Nachdem er sich einen Moment gesammelt hatte, nahm er die oberste Schicht Zeitungen aus dem Wagen und warf sie auf den Boden. Dann kippte er kurzentschlossen den ganzen Einkaufswagen um. Ein in eine Plane eingewickeltes Paket rollte über den Boden. Bip beugte sich als erster über das Paket. Es war ein Körper mit gefesselten Händen und Füßen, der Mund war mit Isolierband zugeklebt. Der Typ hatte einen rasierten Schädel und eine ziemlich ramponierte Fresse, lebte aber noch. Er wirkte ziemlich groggy. Instinktiv bildeten sie einen Wall um den Körper, um keine Aufmerksamkeit zu erregen. Don Quijote faltete die Plane zusammen und warf sie in den Einkaufswagen. Er sammelte auch die Zeitungen ein und verschwand und murmelte nur «Arago».

Langes Schweigen. Die nach Rache geschrien hatten, hatten weder die Kraft noch den Mut, zur Tat zu schreiten. Aber die Wut war immer noch da, und niemand war bereit, zu verzeihen. Die Polizei? Das hätte eine Untersuchung bedeutet, über die Umstände seiner Entführung, seiner Haft. Man wußte ja, wie das endete. Außerdem hatten diese Rassisten gute Anwälte. Der Ford Escort, der auf der Nebenstraße einparkte, brachte die Lösung. Madame Pereira und Carlos stiegen aus und näherten sich der Gruppe. Madame Pereira sammelte sich einen Moment vor dem Altar. Sie war zum erstenmal hier. Dann warf sie einen grimmigen Blick auf Mickaël Charveix. Der Skin hatte die Augen geschlossen. Diego flüsterte seiner Mutter etwas ins Ohr. Sie nickte zustimmend. Diego fuhr den Wagen heran, sie verstauten ihn zu viert im Kofferraum. Der Skin hob den Kopf und wand sich wie ein Regenwurm. Wie ein Verurteilter, den man zum Schaffott führte.

«Ich möchte euch einen Vorschlag machen, Kinder», sagte Alvaros Mutter.

PULP 45 und die Glatzen der Fraternité

Gabriel fluchte. Auf dem Kontrollschirm war **Don Quijote**. Er fuchtelte herum, drückte pausenlos auf die Klingel und brüllte laut: «Mach auf, Pulp, ich weiß, daß du da bist!» Verdammt, er würde noch das ganze Viertel zusammenschreien! Gabriel öffnete und rannte die Treppe hinunter. Der Clochard schob seinen Einkaufswagen in die Auffahrt, gefolgt von Francis, der ihn in letzter Minute eingeholt hatte.

«Ich habe in Chantreille noch Filme gekauft», erklärte Francis. «Zwei Farbfilme mit 36 Bildern. 400 ASA, reicht das? Ich habe auch einen Camcorder, aber ich kann nicht damit umgehen.»

«Kommt rein, bleibt da nicht stehen, und hinterlaßt vor allem keine Fingerabdrücke.»
«Ich hab das Paket abgeliefert», sagte Don Quijote, während er seinen Wagen ins Haus schob. «Yanissa hat es so gewollt.»
«Ja, aber ich, ich habe auch noch ein Päckchen!»
Pulp schloß die Tür und führte sie in den Salon.
«Das ist ja ein piekfeiner Schuppen hier», meinte Don Quijote.
«Ach du grüne Neune!»
Er hatte das Sofa mit dem Leichnam des Malers entdeckt.
«Ach du Schreck! Rosciolli!» rief Francis. «Wir müssen sofort etwas tun ...»
«Da kann man nichts mehr machen», seufzte Pulp. *«Sie haben einen Toten retten wollen.»*
«Donnerwetter, du bist ja formvollendet! Da stehen wir, mit einer Leiche, und zu zitierst Racine! Ist das deine Sensation?»
«Louis Guilloux, Francis. Nicht Racine. Und diesem Schweinehund weine ich keine Träne nach.»
«Joël, er ist zufrieden!» freute sich Don Quijote. «Prima, daß du den Gauner umgelegt hast!»
«Ich hab nichts gemacht! Er hat sich selbst umgelegt. Mit Zyankali.»
Francis legte den Camcorder hin, lud seine Leica und suchte einen guten Schußwinkel für das Sofa.
«Die Sensation ist dahinten, Alter. Verschwende deine Filme nicht.»
Und er zeigte ihnen das revisionistische Museum.

Pulp trat vor die Haustür, den Camcorder auf der Schulter. Die Villa von Rosciolli war unter Tausenden wiederzuerkennen, eine Aufnahme genügte. Er ging hinein, filmte ohne Unterbrechung und machte einen langen Schwenk über die Gemälde. Drei Runden durch das Zimmer. Noch ein kurzer Besuch im Atelier und zum Schluß eine Großaufnahme des revisionistischen «Bruegel», wobei er beinahe Francis mit aufgenommen hätte, der gerade die letzten seiner 72 Bilder verschoß.

«Das Problem ist, jetzt, wo Rosciolli tot ist, sind unsere Aufnahmen nicht mehr viel wert», meinte Francis. «Wenn wir das in unserem Blatt bringen, machen wir uns verdächtig. Oder wir müssen höher rangehen, vielleicht im *Paris Match.*»

«Stell dir vor, das ist vielleicht ein Grund, warum er sich umgebracht hat. Holen wir Joël und machen uns davon. Seltsam, er hat sich die Bilder kaum angeguckt …»

Pulp schloß das Zimmer ab.

Joël war weder in der Eingangshalle noch in der Kommandozentrale, und sein Einkaufswagen war auch verschwunden.

«Der hatte wohl die Schnauze voll», sagte Francis.

«Schau dich noch mal um, ich muß noch mal zur Alarmanlage, für alle Fälle …»

Francis ging in den Salon und fing sofort an zu schreien.

«Pulp, komm her, schnell … Er hat die Leiche mitgenommen!»

Gabriel eilte in den Salon.

Joël hatte nicht nur den Leichnam beseitigt, sondern auch alle Spuren seiner Anwesenheit. Die Sofakissen waren ordentlich aufgestellt. Den Reisekoffer und Rosciollis Spazierstock hatte er auch mitgenommen. Wenn der Clochard sich nicht schnappen ließ, hatte Rosciolli gute Chancen, im Bermudadreieck zu verschwinden.

Pulp nahm die Aktentasche und die beiden Schlüsselbunde an sich, das von Rosciolli und das von Génessier.

Dann verließen sie die Villa, Alarmanlage und Videoüberwachung ausgeschaltet, und gingen zu Fuß zum Roussillon, ein wenig nervös. Keine Flics in Sicht. Auf der Sainte-Honorine-Brücke zeichnete sich die massive Silhouette von Don Quijote ab, der seinen Leichen-Einkaufswagen vor sich herschob.
Pulp übergab Francis die Aktentasche mit allen Dokumenten plus fünfundzwanzigtausend Franc aus dem Sparstrumpf, für die Zeitung. Die Kugel war im Lauf, die Hatz konnte beginnen. Dann ging er zu Alvaros Freunden an der Gedenkstätte. Pedro war auch da, mit dem Woessinger-Umschlag. Er hatte sich bereits bekannt gemacht. Alles war gut gelaufen, er hatte Attila wie geplant abgeliefert. Der Katalane gab ihm das Geld und verdrückte sich. Pulp setzte sich mit Madame Pereira auf die Rückbank von Diegos Ford Escort. Er gab ihr den Umschlag mit den hunderttausend Franc und erzählte ihr alles, absolut alles. Madame Pereira drückte ihn lange an ihre Brust. Dann vertraute sie ihm an, welches Schicksal sie für Mickaël Charveix vorgesehen hatten. Die Idee stammte von Yanissa. Es war riskant, aber sie wollten es trotzdem wagen. Pulp fragte sich, wie sie darauf gekommen war. Er dachte an einen der schlichten Sätze, die Guilloux einem seiner Helden in den Mund gelegt hatte. *Man müßte einen Kreuzzug machen, um den Menschen das Licht der Wahrheit zu bringen* ... Den Rest hatte er vergessen. Er hätte gern mit Yanissa über all das gesprochen, aber sie war mit Cendrine im Haus geblieben. Und außerdem hatte er große Lust, dieser Vorstadt endlich den Rücken zu kehren. Er stieg aus dem Wagen und verabschiedete sich von der Bande. Bip schniefte ohne Ende. Pulp ging weg, ohne sich umzudrehen.
Kurz danach stieg auch Madame Pereira aus dem Wagen und nahm Diego beiseite. Sie sprach mit ihm, sehr ernst. Diego ging ohne ein Wort zur Gedenkstätte und löschte

eine nach der anderen die sechsundzwanzig Kerzen. Die anderen sahen ihm fassungslos zu, dann verstanden sie. Sie gingen sogleich fort, ließen aber den kleinen Wall aus Backsteinen zurück.

Angèle Ceriseray gab dem Taxifahrer zwanzig Franc Trinkgeld und ging zu Fuß weiter. Sie war halb tot vor Sorge. Edmée de Jonchy war zwölf Stunden in Haft gewesen, die Polizei hatte sie ohne großes Federlesen wie eine ganz gewöhnliche Frau festgenommen. Und Dino war unauffindbar. Sie war mit ihren Schlüsseln in sein Haus gegangen und hatte die Villa verlassen vorgefunden, ohne Wächter. Es mußte etwas sehr Ernstes vorgefallen sein, wenn er einfach so, ohne jede Erklärung, verschwand. Immerhin, was sie betraf, war alles in Ordnung. Ihr Mann, der vollauf mit dem Wahlkampf beschäftigt war, hatte Wichtigeres zu tun. Dino würde ihr sicher gleich auf der Versammlung alles erklären. Je näher sie dem Treffpunkt kam, um so mehr Bekannte traf sie. Keiner hatte Neuigkeiten. Es waren jetzt etwa dreißig, die in kleinen Gruppen ernst und mit besorgter Miene die Straße entlanggingen. Weiter hinten sah Angèle Ceriseray einen kleinen Auflauf. Vielleicht fünfzig Vereinsmitglieder standen dort und hörten zu, wie Edmée de Jonchy von ihrem Mißgeschick erzählte. Angèle bahnte sich einen Weg zur Sekretärin und drückte ihr eisig die Hand. Ein paar Vereinsmitglieder warteten am Toreingang zu einem Gelände, auf dem ein Flachbau stand – die reinste Müllkippe.

«Auf was warten wir? Laßt uns reingehen!» rief jemand. «Es ist Zeit.»

«Gut, gehen wir hinein!» antwortete die Frau des Bürgermeisters.

«Das ist ja ein ziemlich schäbiger Treffpunkt, aber … Dino weiß, was er tut.»
Die ganze Truppe setzte sich in Bewegung.
In diesem Moment fielen die ersten Schüsse.

Die Einladung von Dino Rosciolli hatte folgenden Wortlaut:
Liebe Kameraden,
wie in den Statuten unserer Vereinigung vorgesehen, bitte ich Euch, ohne vorherige Absprache mit dem Büro, am Montag, den 5. Juni 1995 um 14.30 Uhr an einer außerordentlichen Generalversammlung teilzunehmen.
Die dramatischen Ereignisse von 27. Mai haben, so bedauerlich sie auch sein mögen, die Bedingungen zur Lösung unseres Problems geändert. Ich weiß aus zuverlässiger Quelle, daß kompetente Autoritäten bereit sind, in unserem Sinne zu handeln. Wir müssen sie nur ein wenig an der Hand nehmen. Es wäre heuchlerisch und dumm, nicht von diesem unglücklichen Unfall zu profitieren, um unsere Sache voranzutreiben! Aber es muß schnell gehandelt werden! Deshalb habe ich beschlossen, Euch ohne Verzögerung zusammenzurufen, damit unverzüglich eine Entscheidung getroffen werden kann.
Aus Gründen der Geheimhaltung und um keinen Anlaß für verleumderische Polemik zu liefern, deren Opfer unsere Vereinigung in den letzten Tagen war, schien es mir angebracht, das Treffen nicht am gewohnten Ort stattfinden zu lassen.
Ich erwarte euch daher im Wohnsitz meines neuen Beraters, Maître Jean-Denis Curutchet, Rue Marceau Nr. 27 in Ivry-sur-Seine (das Gebäude hinter dem Flachbau). Parkmöglichkeiten sind in der Nähe vorhanden.
Ich vertraue auf Euch und auf Eure Diskretion. Mögen unsere lieben Bartavellen hochleben!
Euer Euch immer ergebener Präsident
Dino Rosciolli.

PULP 47 und die Glatzen der Fraternité

Einige Tage später, am 9. Juni 1995, fand im Gemeindehaus ein Solidaritätskonzert für die Familie von Alvaro Pereira statt. Cesaria Evora, die berühmte Sängerin aus Kap Verde, die als *die Diva mit den nackten Füßen* überall gefeiert wurde, war eine Jugendfreundin von Madame Pereira. Der Gewinn aus dem Konzert ging an die Familie.

Yanissa und Diego nahmen nicht daran teil. Sie hatten am selben Morgen in Roissy ein Flugzeug nach Kap Verde bestiegen. Mit dem von Pulp erbeuteten Geld konnten sie den Leichnam von Alvaro begleiten. Ihre Mutter wollte die Reise nicht mitmachen. Sie wurden aber von einem gewissen Jacky Grangier begleitet. Pedro hatte sie mit gefälschten Papieren ausgestattet. Charveix, mit Beruhigungsmitteln vollgestopft, konnte sich kaum aufrecht halten. Der Bulgarische Regenschirm Rosciollis in Yanissas Händen hatte überdies eine recht überzeugende Wirkung.

Gabriel besuchte das Konzert zusammen mit Adèle. Cheryl hatte ihm für diese Gelegenheit ein Toupet geliehen. Sie verzog das Gesicht, als sie die kleine Postbeamtin erblickte, aber da es mit «Monsieur Guerlain» ernst zu sein schien, waren sie erst mal quitt. Cendrine war da und auch all die anderen. Yanissa fehlte ihr sehr. Auch Théo war da. Francis und Gilberte bastelten an der nächsten Ausgabe der Zeitung, die noch vor dem ersten Durchgang der Kommunalwahlen erscheinen mußte. Don Quijote war in den bleiernen Eingeweiden der Stadt verschwunden.

Am Nachmittag war Gabriel verliebt zum Flugplatz von Moisselles im Departement Val d'Oise gefahren. Raymond, der Mechaniker, hatte ihn mit seiner Perücke nicht erkannt. Und dann noch mit einem Weibsbild! Raymond war schlecht drauf. Er hatte in der Zeitschrift *Le Fana de l'Aviation* eine Spad 13 aus dem Ersten Weltkrieg entdeckt, in supergutem Zustand. Aber Jean Salis, der Chef des Luftfahrtmuseums in Cerny, hatte sie ihm vor der Nase weggeschnappt.

«Fünfzigtausend auf den Tisch des Hauses», sagte Pulp.

Raymond pfiff zwischen den Zähnen.

«Donnerwetter, vielleicht wird dein Schrotthaufen ja doch noch mal fliegen! Mit den paar Kröten kann das allerdings noch ein Weilchen dauern.»

«Fünfzigtausend, Raymond!»

«Die zwanzig, die du mir noch schuldest, abgezogen, macht das nur noch dreißig. Damit kann ich dir schöne neue Flügel machen, die Bespannung ist völlig verrottet. Auch das Ruder müßte erneuert werden, oben in der Luft ist Rost ja auch kein Allheilmittel. Für den Preis lege ich auch noch einen Propeller drauf. Oder aber, ich stürz mich wieder auf den Motorblock, aber da ...»

Wegen Adèle führte Raymond sein ganzes Repertoire vor. Adèle sah sich bereits als von der Post gesponserte Hélène Boucher zu Rekordflügen aufbrechen. Sie kam nicht mehr mit. Pulp wurde es zu eng in seinen Doc Martens.

«Laß mal gut sein, Raymond. Ich werde es Mademoiselle erklären ...»

Vor ein paar Jahren hatte er eine wunderbare Polikarpow I 16 gekauft, eine von den «Moscas», den Mücken, die im Spanischen Bürgerkrieg mehr als ein Flugzeug der Phalangisten zur Hölle geschickt hatten. Aus Wut hatten die Faschisten diese Maschinen «Ratas» genannt. Aber die Ratten, das waren sie selber! Das Problem war, daß Gabriel ein Symbol gekauft hatte, einen Mythos, der zwar sein Gewicht an Nostalgie wert war, aber um damit fliegen zu können, mußte man noch ein bißchen warten. Raymond war noch weit davon entfernt, den Vogel wieder auf die Beine zu bringen.

Adèle wäre in diesem Moment sicherlich gern davongeflogen.

48

Zwei Monate später hielt Pulp zwei Briefe in der Hand, die bei Francis im Roussillon angekommen waren. Es war Mitte August, die Welt hatte gerade den fünfzigsten Jahrestag von Hiroshima und Nagasaki gefeiert.

Der Präsident der französischen Republik hatte den alten, immer noch mächtigen Holzköpfen der militärisch-faschistischen Lobby, die das Land insgeheim regierte, nachgegeben und war durch die Hintertür in die Geschichte eingegangen, indem er sich hinter seinem gaullistischen Ödipus verkroch.

In Marseille waren drei rassistische Bullen vom Innenminister suspendiert worden, weil sie auf einem Brachgelände nach einer Ausweiskontrolle einen aus dem Maghreb stammenden Obdachlosen zusammengeschlagen hatten.

In Paris, Rue d'Hautpoul, nicht weit von der Skinhead-Behausung, hatte ein Kommando maskierter Handlanger die Mieter einer schäbigen Behausung, Immigranten, gewaltsam vertrieben, und zwar vermutlich auf Anordnung eines Bestattungsunternehmers.

In Charençon-le-Plomb hatte André Ceriseray, der wiedergewählte Bürgermeister, Klage gegen Dino Rosciolli erhoben, der die Kassen der «Vereinigung zum Schutz von Bartavelles» geplündert hatte und von Zeugen in einem lateinamerikanischen Land gesichtet worden war.

Fast überall in Frankreich hatten die Bürgermeister, von welcher Partei auch immer, auf dem Gebiet ihrer Kommune die Bettelei verboten, und zwar mit dem Segen des Innenministers.

Und die Wochenzeitschrift *Charlie-Hebdo* unterstützte eine Unterschriftensammlung zur Auflösung der rechtsextremistischen Partei von Jean-Marie Le Pen, der gerade seine Standarten in drei Garnisonsstädten in Südfrankreich aufgepflanzt hatte.

Der erste Brief war in Zagreb, Kroatien, abgestempelt; der zweite in Praia, der Hauptstadt der Kapverdischen Inseln. Im ersten stand folgendes:

Lieber Pulp,

ich heiße Anne-Marie Koppel, bin zweiundvierzig Jahre alt und die Schwester von Joël. Ich kenne Ihren richtigen Namen nicht, und ich bin mir nicht einmal sicher, ob Sie nicht nur in Joëls Phantasie existieren, aber ich habe gerade einen langen Brief von ihm bekommen, in dem er mir diese ganze aberwitzige Geschichte erzählt, die Rolle, die Sie gespielt haben, mit einigen Ihrer Freunde, und das große Glück, das er hatte, Sie zu treffen. Da ich an dem Tag, an dem ich Yanissa behandelt habe, mit dieser Geschichte zu tun hatte, macht es mir Freude zu glauben, daß Sie nicht nur eines der zahllosen Phantome sind, mit denen Joël verkehrt, um seine unglückliche Existenz fortsetzen zu können.

Ich möchte Ihnen zwei Sachen sagen.

Die erste betrifft Joël, sein Leben und seine Geschichte als Irrlicht. Er selber hat mich, ohne es ausdrücklich zu sagen, gebeten, Ihnen diese Dinge mitzuteilen, die er Ihnen nicht sagen kann, da sie ganz tief in seinem Gedächtnis verborgen sind.

Am 7. Januar 1962, Joël war vier Jahre alt, ich neun, sind meine Eltern in Algerien gestorben, bei einem Autounfall, aus dem wir beide unverletzt hervorgingen. Das ist die offizielle Version, ebenso stichhaltig wie die von dem Brand, bei dem unsere Eltern in Charençon umgekommen sein sollen. Der Unfall war eine Inszenierung. Mein Vater Étienne Koppel, Offizier bei den Fallschirmjägern, hatte die OAS infiltriert und wertvolle Hinweise geliefert, die zur Verhaftung und Hinrichtung zahlreicher Terroristen führten.

Er bereitete sich gerade darauf vor, in einem asiatischen Land «recycelt» zu werden, als sein Doppelspiel entdeckt wurde. Meine Eltern wurden durch einen Schuß in den Nacken hingerichtet, in ihrem eigenen Wagen, an einer Tankstelle. Bevor mein Vater getötet wurde, hat der Mörder zu ihm gesagt: «Das kommt von Arago!» Joël klammerte sich an meine Mutter, und mein Leben lang werde ich mich an den Killer erinnern, wie er den Lauf seiner Waffe an seine Schläfe setzte, und ... pfeifend davonging. Ich weiß nicht, durch welches Wunder wir Kinder verschont wurden. Joël bekam einen Schock. Er hat dieses Ereignis völlig verdrängt. Zurück in Frankreich, haben wir bei unserer Großmutter in Charençon gelebt, aber Joël hat immer so getan, als ob das nicht «sein» Zuhause sei. Er lief immer davon und verbrachte seine Zeit damit, in den Bleiminen zu spielen. Schließlich ist er dort eingezogen, mit Hilfe der Bruderschaft von Emmaus. Er hat immer so getan, als ob ich nicht seine Schwester sei. Für ihn bin ich eine freundliche Dame, die er anbetet. Er kam morgens, mittags und abends, um mit uns zu essen, und ging dann zum Schlafen in «seine» Mine. Großmutter und ich haben uns schließlich daran gewöhnt. Der Leiter des Netzes, das die Hinrichtung meiner Eltern beschlossen hatte und dessen Codename «Arago» war, heißt André Ceriseray. Er war einer der geheimen Chefs der OAS. Wenn der Putsch der aufständischen Offiziere gegen de Gaulle Erfolg gehabt hätte, wäre er Innenminister der neuen Regierung geworden. Als er Bürgermeister von Charençon wurde, hat André Ceriseray wegen der Hinrichtung meines Vaters, der sein Freund war, große Schuldgefühle gehabt. Und um «Sühne zu leisten», hat er all seine Macht eingesetzt (er ist eine sehr autoritäre Persönlichkeit, entwickelt einen schrecklichen Personenkult) und dafür gesorgt, daß es uns an nichts fehlte. Das erklärt, warum Joël niemals Probleme mit der Polizei hatte. Ich selbst habe die Stadt sehr bald verlassen. Ich habe hart gearbeitet, um Ärztin zu werden, und es ist sicherlich kein Zufall, daß ich mich für humanitäre Hilfsaktionen entschieden habe ...

Die zweite Sache betrifft Yanissa. Die beiden Schocks, die sie erlitten hat, innerhalb eines Jahres, sind genauso schlimm wie der, den Joël erlebt hat. Sie sind zwar nacheinander gekommen, aber es gibt doch Ähnlichkeiten, was die Folgen betrifft. Sagen Sie das bitte ihrer Mutter, erklären sie es ihr sehr gut. Yanissa muß unbedingt einen Psychiater oder Psychologen aufsuchen, sie muß unbedingt SPRECHEN, das ist das einzige Mittel für sie, wenn sie nicht auf Sparflamme dahindämmern soll. Man kann nicht ständig in einer fremden Welt leben, wie Joël.
Besuchen Sie Joël weiterhin, wenn es Ihnen möglich ist.
Ich sende Ihnen meine herzlichsten Grüße
Anne-Marie Koppel
P.S.: Wenn es Sie gibt, können Sie mir über «Ärzte ohne Grenzen» schreiben, von wo man den Brief weiterleiten wird. Hier, in Bihac, fehlt es uns an allem, aber wir atmen auf. Der Blitzsieg der Kroaten hat hunderttausend serbische Flüchtlinge obdachlos gemacht, aber andererseits hat er die hundertfünfzigtausend Bewohner, die eingekesselt waren, vor der sicheren Vernichtung bewahrt. Eine grauenhafte Arithmetik!

Der zweite Brief lautete:
Lieber Gabriel,
ich kenne Sie nicht, und ich werde Sie wahrscheinlich nie kennenlernen, da ich nie wieder einen Fuß nach Frankreich setzen werde. Aber ich habe das Gefühl, daß Sie mir sehr nahestehen, so nahe wie meine Mutter, Diego oder Cendy. Eigentlich habe ich Ihnen gar keine Neuigkeiten von mir zu berichten. Es geht mir ganz gut, ich besuche jede Woche eine Art Medizinmann, der mir hilft durchzuhalten. Ich habe viele neue Freunde, kurz … es geht eher darum, Ihnen Neuigkeiten vom Mörder meines Bruders zu geben.
Ein ganzes Jahr lang bin ich abends eingeschlafen und habe geträumt, daß ich ihn töte, um das Schreckliche, was auf dem Kommissariat passiert ist, abzuwaschen. (Cendy hat mir gesagt,

daß sie Ihnen alles erzählt hat.) In der alten Bleimine habe ich es versucht. Jedenfalls habe ich sehr stark zugeschlagen. Ich wollte ihn wirklich umbringen. Als ich merkte, daß ihm das nichts ausmachte, habe ich aufgehört. Ich hatte den Eindruck, daß es ihm scheißegal war, ob er krepierte oder nicht! Und ich habe mir gesagt, daß es nichts nützt, sich auf diese Art zu rächen. Im Flugzeug habe ich über all das nachgedacht. Ich habe mir gesagt, daß es vielleicht daran lag, daß er bereit war zu sterben, daß ihm sein Verbrechen also bewußt war. Das hat mir ein bißchen Hoffnung gegeben. Als wir hier ankamen, hat Diego ihn auf eine kleine Nachbarinsel gebracht. Er lebt dort wie im Gefängnis, gut bewacht von befreundeten Fischern. Aber anstatt von Mauern und Gittern ist er von Schwarzen umgeben, und man hat ihm die Papiere weggenommen. Seltsamerweise hat er niemals versucht abzuhauen. Er hat praktisch nicht mehr den Mund aufgemacht, seitdem er hier ist, aber, ich weiß nicht, ich habe den Eindruck, daß er nachdenkt. Diego und ich sprechen nicht mehr darüber. Vielleicht war all das Schicksal. Was meinen Sie, Gabriel?
Wenn Sie nach Kap Verde kommen, besuchen Sie mich.
Wenn Sie nach Charençon kommen, besuchen Sie Don Quijote.
Yanissa.

PULP Glossar
und die Glatzen der Fraternité

Hélène Boucher (1908–1934) – Französische Fliegerin, die durch einen Alleinflug von Paris in den Irak sieben Weltrekorde gebrochen hat.

Clochemerle – Roman von Gabriel Chevalier, der in dem französischen Winzerdorf «Clochemerle» spielt.

Cripure – Romanfigur bei Louis Guilloux.

Léon Degrelle (*1906) – Belgischer Politiker, der 1935 eine antidemokratische Gruppierung gründete und während der deutschen Besatzung mit den Nazis kollaborierte. 1944 verschwand er ins Ausland.

Louis Guilloux (1899–1980) – Französischer Schriftsteller. Sein Roman Schwarzes Blut liegt auch in deutscher Übersetzung vor.

OAS (Organisation de l'Armée Secrète) – Geheimorganisation, die 1961 – 1963 versuchte, nach dem Scheitern des Militärputsches in Algier durch gewaltsame Anschläge die Entkolonisierung Algeriens zu verhindern. Sie wurde unter anderem von den Generälen Salan und Chanal geleitet.

Jean-Marie Le Pen – Chef der rechtsextremistischen Partei «Front National». Die Partei «Franc National» in diesem Roman gibt es nicht.

Philippe Pétain (1856–1951) – Marschall von Frankreich und Politiker, der während der deutschen Besatzung im Zweiten Weltkrieg, die sogenannte Vichy-Regierung leitete, eine Marionette in den Händen der Nazis.
Philippe Vicomte de Villiers – Mehrfacher Präsidentschaftskandidat aus der konservativ geltenden Vendée, steht einer äußerst rechten, katholischen Gruppierung vor.